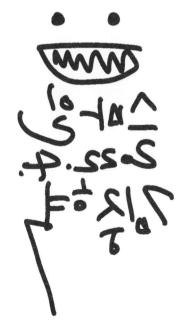

스마일

김중혁 소설집
스마일

펴낸날 2022년 4월 20일

지은이 김중혁
펴낸이 이광호
주간 이근혜
편집 박선우 최지인 이민희 조은혜 방원경
펴낸곳 ㈜**문학과지성사**
등록번호 제1993-000098호
주소 04034 서울 마포구 잔다리로7길 18 (서교동 377-20)
전화 02)338-7224
팩스 02)323-4180(편집) 02)338-7221(영업)
전자우편 moonji@moonji.com
홈페이지 www.moonji.com

ISBN 978-89-320-4000-4 03810

김중혁
소설집

스마일

문학과지성사

차례

스마일

데이브 한은 스물여덟 살부터 전국을 돌아다니며 수많은 어려움과 맞닥뜨린 순간마다 아버지가 했던 말을 떠올렸다. 예절을 갖춰서 웃으며 말해라, 그리고 땅을 보지 말고 정면을 봐라. 아버지의 말 중에 기억나는 게 몇 개 더 있었다. 코카콜라보다는 펩시가 더 맛있다거나 햄버거에서 양상추를 빼고 부추를 썰어 넣으면 더 맛있다는 말들. 베개는 높은 것보다 낮은 게 건강에 좋지만 가장 좋은 건 아무것도 베지 않는 것이다. 전자시계의 초 단위가 변하는 걸 계속 보고 있으면 그 리듬이 몸에 박혀서 저절로 박자 감각이 좋아진다. 수많은 음악가가 그렇게 리듬 감각을 익힌다. 고양이를 오랫동안 키운 사람은 죽을 때 고양이의 털 뭉치를 토하게 되는데, 털 뭉치의 크기를 자세히 살피면 그 사람이 고양이를 키운 햇수를 짐작할 수 있다. 스포츠 경기에서 홈팀이 원정 팀보다 우세한 이유는 심판들의 담력이 생각보다 크지 못하기 때문이다. 응원 소리가 커지면 커질수록 잘못된 판단을 내릴 확률이 커진다. 비행기 승무원들은 비행 도중 아무것도 먹지 않은 승객들의 명단을 만들어서 상부에 보고한다. 앞으로 백 년 이내에 미국의 민주당과 공화당은 통합될 것이다. 왼쪽이든 오른쪽이든 완전히 새로운 정당이 탄생할 것이다. 모든 기업에서 단 한 번도 휴가를 가지 않은 사람을 철저하게 조사할 필요가 있다. 그런 사람은 대개 부정한 일을 벌이고 있는 중이다. 모든 동물은 고향으로 돌아가려는 습성이 있는데, 회귀본능이 가장 강력하게 드러나는 때는 죽음을 직감했을 때다. 회귀본능 이야기 다음에는 자신 역시 한국으로 돌아갈 날이 머지않았다는 말을 덧붙이곤 했다. 아버지의 레퍼토리는 구글보다도 방대해 보였다. 밥을 먹을 때나 함께 목욕을 할 때면 아버지는 끊임없이 떠들어댔다. 데이브는 사람들과 이야기하다가 화제가 떨어지면 아버지에게 들었던 이야기 하나를 골라서 꺼내놓았다. 사람들은 언제나 아버지의 이야기를 재미있어했다. 데이브는 아버지의 말 중에서 믿는 것도 있었고, 믿지 않는 것도 있었다. 사실 여부는 확인해보지 않았다.

믿고 싶은 것은 믿었고, 믿고 싶지 않은 것은 믿지 않았
다. 데이브는 아버지의 말을 믿지 않은 걸 딱 한 번 후회
한 적이 있다.

휴스턴으로 향하는 비행기에서 데이브는 잠을 이루지
못했다. 그의 옆자리에는 미국 농구 선수 제임스 하든을
닮은, 수염이 덥수룩한 남자가 앉아 있었는데 비행기가
이륙하기도 전에 그가 말을 걸어왔다.

"비행기에서 먹는 밥이 왜 맛있는 줄 알아요?"

데이브는 그의 말을 제대로 듣지 못했다. 비행기가 이
륙하기 위해 속력을 높이고 있었다. 데이브는 좌석 손잡
이를 꼭 쥐었다. 급가속을 할 때마다 자신이 어디론가 내
팽개쳐질지 모른다는 불안감이 들었다. 창가에 앉은 제
임스 하든이 데이브 쪽으로 몸을 움직이며 말했다.

"흔히 비행기에서 먹는 밥은 맛이 없다고 하죠. 알아
요, 나도 연구 결과를 압니다. 시끄러운 곳에서 먹기 때문
에 미각이 제 기능을 못 한다는 얘기도 하고, 고도가 높아
질수록 미각이 30퍼센트까지 떨어진다고도 하…… 그
런데 그걸 믿어요?"

비행기 앞부분이 공중으로 들리고, 바퀴가 땅에서 떨
어지는 게 느껴졌다. 예수님이 물 위를 걸을 때 이런 기
분이 아니었을까. 딛고 있지 않지만 딛고 있고, 딛지만 떠

있는 듯한 기분을 느낀 게 아닐까. 비행기 바퀴가 안으로 접힐 때쯤에서야 데이브는 옆에서 계속 떠드는 제임스 하든의 말에 귀를 기울일 수 있었다.

"갇혀 있어본 적 없죠? 나는 두 달 동안 갇혀 있어본 사람입니다. 놈들이 나를 죽일지 살릴지 그것도 알지 못한 채 무작정 갇혀 있었어요. 놈들의 눈치를 살피면서 나는 매일 꾸역꾸역 먹었어요. 그때만 생각하면, 갑자기 토하고 싶어집니다."

데이브가 눈을 마주치자 제임스 하든의 목소리가 더욱 높아졌다. 데이브는 뭔가 대꾸를 하고 싶었지만 거들 말이 없었다. 고개만 끄덕여주었다.

"거기서 탈출한 다음부터 이상한 일이 생겼어요. 계속 좁은 방에서 밥을 먹고 싶은 겁니다. 널찍한 식당에서는 도대체 입맛이 생기질 않아요. 방에 들어가서 문을 걸어 잠가야만 겨우 식욕이 나타나서 내 앞자리에 앉는 겁니다."

"앞자리에 식욕이 앉는다고요?"

데이브가 처음으로 입을 열자 제임스 하든이 눈을 크게 뜨며 반갑게 맞았다.

"그런 기분이라는 겁니다. 식욕이 생겼다기보다는 식욕과 함께 밥을 먹는 기분. 문을 닫아걸어야만 자신의 몸을 드러내는 놈이 되어버린 거죠."

"비행기는 닫힌 공간이 아니잖아요."

"사람마다 다를 수 있겠지만 나는 비행기에만 올라타면 그 방에 갇힌 듯한 기분이 듭니다. 탈출구가 없는 로켓에 올라탄 기분이에요. 그렇지 않습니까? 나갈 데가 없잖아요. 벌거벗고 있는 거랑 뭐가 달라요? 저기 저 사람을 봐요. 손으로 발가락을 긁고 있는 게 보이죠? 저 여자를 봐요. 방금 자다 깬 듯한 얼굴이죠? 비행기는 수많은 사람이 각자의 방에 갇혀 있는 거나 마찬가지예요. 갇혀본 적이 있는 사람이라면, 오히려 여기에서 편안함을 느낄 겁니다."

제임스 하든은 의자 밑에 넣어두었던 가방에서 목베개를 꺼냈다. 바람을 불어 넣어야 하는 종류의 목베개였다. 제임스 하든은 바람을 불어 넣다가 자신의 이름을 소개했다.

"잭이라고 불러요."

잭은 왼쪽 손으로 목베개의 공기 주입구를 막고 오른손을 내밀었다. 악수를 하면서 데이브도 자신의 이름을 말했다. 잭은 목베개에 계속 바람을 불어 넣었다. 목베개가 터질 것처럼 부풀었다.

"갇혔던 이유는 뭔데요?"

데이브가 물었다.

"이유가 뭐냐고? 궁금해요? 정말? 신나고 재미있는 얘기는 아닐 거요. 어떤 사람을 가둬야겠다는 생각을 하게 된다면, 그 사람에게는 그만한 이유가 있을 겁니다. 무슨 말인지 알아요? 이유 없이 산 사람을 가둬두지는 못한단 얘기지."

"무슨 잘못을 저질렀는데요?"

잭은 팽팽해진 목베개 속으로 목을 밀어 넣었다. 목이 좌우로 움직일 틈이 없어 보였다. 고개를 이리저리 흔들어보던 잭은 만족스럽게 고개를 끄덕였다.

"너는 어떤 종류의 악당이냐? 이렇게 묻는 거죠? 그렇죠, 데이브? 세상이 착한 사람과 악한 사람으로 나뉘어 있다고 생각하지 마요. 그건 세상을 모르는 열 살짜리 꼬맹이 같은 생각입니다. 아까 방 이야기를 했으니 방으로 설명해봅시다. 당신은 작은 방에 갇혀 있어요. 그 안에 갇혀 있으면 세상 모든 사람이 내 적인 것처럼 느껴집니다. 온 세상이 공모해서 나를 가둔 것 같지. 그건 착각입니다. 바깥세상은 당신에게 별로 관심이 없어요. 당신을 가둔 바로 그 사람만 당신에게 관심이 있죠. 시간이 조금 지나면 그 사람도 흥미를 잃을 겁니다. 세상은 착한 사람과 나쁜 사람으로 나뉘어 있는 게 아니라, 중요한 사람과 중

14

요하지 않은 사람으로 나뉩니다. 죽을힘을 다해서 중요한 사람이 되도록 해요. 중요한 사람이 되면 당신이 방에 갇혀 있을 때 누군가 도와주러 달려올 겁니다. 아니, 방에 갇힐 일도 없어지겠죠. 그 방을 탈출한 다음부터, 나는 중요한 사람이 되기로 결심했습니다."

목베개 때문에 잭은 데이브의 눈을 보지 못했다. 고개만 살짝 돌린 채 계속 이야기했다. 데이브 역시 잭의 눈을 볼 수 없어서 움직이는 입을 보았다.

"한 가지만 부탁드려도 될까요?"

잭이 고개를 최대한 돌려서 데이브를 보았다.

"네, 말씀하세요."

데이브가 잭과 눈을 마주쳤다.

"식사 시간이 되면 깨워주겠소?"

잭이 진지하게 물었다.

"네, 그러겠습니다. 그러죠."

데이브가 대답했다.

"고마워요. 목베개만 두르면 잠이 쏟아진단 말이에요."

잭은 곧 눈을 감았다. 데이브는 조금 울렁거리는 것 같은 기분이 들었다. 난기류를 만나 요동치는 비행기 때문에 내장도 뒤틀리는 것 같았다. 책자를 집어 들었다. 비행기를 탈출하는 장면이 그림으로 자세하게 묘사돼 있었다. 비행기에서 살 수 있는 물건들의 가격 또한 상세하게 적혀 있었다. 유럽의 여러 도시 사진이 몇 페이지에 걸쳐 실려 있었다. 데이브는 눈을 감았다.

데이브는 카트 소리에 눈을 떴다. 승무원이 데이브를 바라보고 있었다. 승무원이 질문을 하고 있었다. 승무원의 입이 움직이는 게 보였지만 소리가 잘 들리지 않았다.

"손님, 닭고기, 생선, 어떤 걸로 하시겠습니까?"

데이브는 간신히 승무원의 말을 알아들었다.

"생선, 그리고 주스도 주세요."

데이브는 대답을 하고 나서야 옆자리의 잭이 떠올랐다. 고개를 돌렸더니, 잭은 이미 식사를 받아 들고 포일을 벗기는 중이었다.

"일어났어요?"

"미안합니다. 깨워드리려고 했는데 깜빡 잠이 들었네요."

데이브는 칼과 포크가 든 비닐을 벗기면서 멋쩍은 웃음을 지어 보였다.

"괜찮습니다. 상대방의 식사를 자신의 일처럼 생각하기란 쉽지 않죠. 이해합니다."

"아뇨, 그런 게 아니라 제가 너무 긴장을 했나 봅니다. 제가 잠들었는지도 몰랐습니다."

"변명할 필요 없어요, 데이브. 이름이 데이브 맞죠? 제가 잘 기억하고 있죠? 상대방의 일을 자신의 일처럼 생각하지 않은 건 전혀 부끄러운 일이 아닙니다. 인간은 그렇게 생겨먹질 않았어요. 인간을 감정이입의 동물이라고 얘기하지만, 그것도 완전히 잘못된 이야기예요. 사랑하는 사람이 죽는 장면을 눈앞에서 목격할 때 고통을 얼마나 분담할 수 있을 것 같습니까? 죽음 앞에 선 사람의 눈으로 세상을 볼 수 있을까요? 절대로요."

잭은 플라스틱 칼로 고기를 썰며 말했다.

"잭 씨는 어떤 일을 하는지 물어봐도 될까요?"

데이브는 식사 위에 얹어진 포일을 열었다가 다시 덮었다.

"간단하게 표현해도 된다면, 관찰하는 사람이라고 해두죠."

"관찰요?"

"데이브, 당신은 가방이 하나뿐입니다. 기내용 슈트 케이스도 없이 백팩 하나만 들고 탔다는 건 체류 일정이 짧은 여행이라는 얘기죠. 백팩이 아주 가벼워 보이지는 않으니까, 수화물로 부친 짐은 없을 거예요. 저게 짐의 전부겠죠. 여행은 아닐 것 같고, 간단하게 처리하고 곧장 돌아가야 하는 비즈니스 일정일 것 같습니다. 가방이 하나뿐이라면 의자 밑에 넣어두어도 될 텐데, 굳이 선반에 가방을 올려놓았어요. 그다지 중요하게 생각하는 물품이 없다는 말일 겁니다. 여권이나 중요한 문서, 혹은 서류는 몸에 지니고 있을 테죠. 어떻습니까?"

"마음대로 생각하시죠."

"그래요, 쉽게 인정하면 또 다른 질문은 피할 수 있죠. 아까 얘기로 돌아가보겠습니다."

잭은 첫번째 고기 조각을 입에 넣었다. 눈을 감으며 맛을 음미했다.

"하아, 역시 이 맛이에요. 땅에서 먹는 고기와는 완전히 다릅니다. 적당히 퍽퍽하고, 적당히 달착지근해요. 인간은 자신이 만진 것만 실체로 인식합니다. 상대방의 감정을 상상할 수 있다고 하지만, 그건 착각이에요. 일종의 환상 같은 거죠. 인간은 고통을 최소화하기 위해서 환상을 만들어냅니다. 누군가 죽는 모습을 지켜봐야 할 때, 우리는 그 사람의 고통을 이해할 수 있을 것 같은 기분에 빠집니다. 얼마나 아플까, 얼마나 괴로울까, 얼마나 절박할까, 그런 감정이야말로 환상입니다. 그런 환상을 만들어낸 다음 상대방과 나를 분리하는 겁니다. 내가 저 사람의 입장에 서 있지 않아서 참으로 다행이라는 생각이 가장 먼저 들지만, 인간들은 그 감정을 환상 뒤에 숨깁니다. 때로는 환상이 너무 강력해서 실제가 아닌가 느껴질 때도 있어요. 아, 정말 나는 저 사람을 사랑하고 있던 게 아닌가. 아닙니다. 제가 확실하게 말할 수 있어요. 인간은 그런 생물이 아닙니다."

잭은 계속 고기를 씹으면서 이야기했다. 데이브는 플라스틱 칼과 포크를 만지작거리면서 계속 이야기를 들었다.

"식사 안 하십니까?"

잭이 물었다.

"속이 좀 불편해서요."

데이브가 대답했다.

"멀미?"

"네, 화장실에 좀 다녀와야겠네요."

데이브는 접이식 테이블에 놓여 있던 식판을 들고 일어섰다. 음식이 놓인 식판을 다시 접이식 테이블에 올려놓고 화장실로 갔다. 승무원이 식사를 나눠 주고 있었기 때문에 데이브는 복도에서 잠깐 기다려야 했다. 승객들은 식사 준비에 분주했다. 데이브는 화장실에 가서 입을 헹구고 물비누를 이용해 손을 씻었다. 밖으로 나와 화장실 문을 닫는데, 여자의 비명 소리가 들렸다. 유리잔 두 개가 부딪쳐 깨지는 것처럼 날카로운 비명이었다. 승객들의 시선이 같은 곳으로 쏠렸다. 승무원이 카트를 한쪽으로 밀어놓은 다음 비명이 났던 곳으로 뛰어갔다. 데이브보다 다섯 줄 앞에 있던 한 남자가 복도로 쓰러졌다.

"승객 중에 의사가 있으면 앞쪽으로 나와주시겠습니까? 긴급 상황입니다."

여자 승무원이 소리를 질렀다. 일등석과 일반석을 오가며 같은 말을 반복했다. 승객들이 주변을 둘러보면서 함께 의사를 찾았다. 기내에 서 있는 사람은 승무원과 자신뿐이었기 때문에 데이브는 의사로 오해받을까 봐 두려웠다. 남자 승무원은 쓰러진 남자의 옷을 느슨하게 풀었다. 코를 막고 입으로 공기를 불어 넣기도 했고, 깍지 낀 두 손으로 심장 부근을 세게 누르기도 했다. 쓰러진 남자는 끝내 의식을 찾지 못했다. 의사는 나타나지 않았다.

"쓰러진 남자 표정 봤어요?"

데이브가 자리에 앉자 잭이 말했다.

"예. 끔찍하네요."

데이브가 대답했다.

"더 끔찍한 게 뭔지 압니까? 우리는 앞으로 일곱 시간 동안 죽은 사람과 함께 여행을 해야 한다는 겁니다. 승무원들이 죽은 사람을 어디로 옮기는지 봤어요? 일등석 쪽으로 데려갔어요. 아마 거기에 자리가 비었나 보죠. 그 사

20

람 아마도 처음으로 일등석에 타보는 걸 겁니다."

"어떻게 알아요?"

"옷, 신발을 보면 알죠. 아무리 검소한 부자라고 해도
그렇게 입고 다니지는 않을 겁니다. 그리고 결정적인 단
서가 하나 더 있죠."

"그게 뭐죠?"

"사인이 뭔 거 같습니까?"

"죽은 이유요? 저야 모르죠."

"아까 표정 봤다고 했죠?"

"네. 평온한 죽음 같아 보이지는 않았습니다."

잭은 대답 대신 마지막으로 남은 고깃덩어리를 입으로
넣더니 꼭꼭 씹었다. 그다음 붉은 당근 하나를 소스에 묻
혀 입속으로 넣었다. 잭은 플라스틱 포크를 오른손으로
흔들며 이야기를 시작할 준비를 했다. 데이브는 잭의 입
을 봐야 할지 포크를 봐야 할지 알 수 없었다.

"그런데 데이브는 식사 안 하세요? 손도 안 댔네요."

잭이 포크로 데이브의 식판을 가리켰다. 생선 요리에
포일이 덮인 채 그대로 있었다.

"입맛이 싹 달아났네요. 더 드실래요?"

데이브가 식판을 손으로 잡았다.

"그럼 생선을 조금만 먹어봐도 될까요? 늘 고민되는 일

이죠. 생선이냐, 고기냐."

"네, 마음껏 드세요. 다 드신 건 여기 두고, 제 걸 가져
가세요."

"아, 정말 친절하시네요. 그럼 사양 않고 먹겠습니다."

잭은 생선 요리를 받아 들고 곧장 포일을 걷어냈다. 아
직도 온기가 남아 있었다. 잭은 포크를 숟가락처럼 이용
했다. 생선 조각이 부서지지 않게 잘 떠서 먹었다. 잭은
포크를 연필처럼 이용했다. 새로운 문장이 머릿속에 떠
오르길 기다리면서 연필을 허공에 내두를 때처럼 포크
를 허공에서 움직였다. 생선을 다 먹을 때까지 잭은 이야
기를 하지 않았다. 다 먹은 생선 용기에 포일을 다시 씌운
다음에야 말을 시작했다.

"내 관찰이 맞다면, 그리고 내 경험에 비추어봤을 때……
저건 분명히 헤로인중독입니다."

"헤로인중독요?"

잭은 과일이 들어 있는 작은 용기의 비닐을 벗겼다. 수
박 한 조각, 키위 한 조각, 딸기 한 조각이 들어 있었다. 잭
은 제일 먼저 수박을 집었다. 데이브는 기다리지 못하고
질문을 덧붙였다.

"비행기에서 헤로인중독으로 쓰러지다니요, 그럼 기내
에서 약을 흡입했다는 겁니까?"

"아니죠, 그렇게 간단한 얘기가 아닙니다. 제 추측이 맞다면, 저 사람은 아마도 스왈로워일 겁니다."

"스왈로워요?"

"뭐든지 삼켜버리는 괴물들이죠. 스왈로워를 처음 들어봅니까?"

"괴물들이라뇨?"

"콘돔에 싼 헤로인을 운반하는 밀수꾼들입니다. 항문으로 넣는 부류를 스터퍼라고 부르고, 입으로 삼키는 부류를 스왈로워라고 부르죠. 장단점이 있어요. 약을 똥구멍으로 넣는 새끼들은, 내 생각에 두 마리 토끼를 잡으려는 부류들이야. 물건도 옮기고 오르가슴도 느끼려는 거지. 입으로 삼키는 부류들이 진짜야. 걔들은 사심 없이 물건을 옮기는 데만 집중하거든. 전에 스왈로워들이 준비 작업 하는 걸 본 적이 있는데, 정말 살벌하더라고요. 콘돔에다 코카인이나 헤로인을 가득 채운 다음에 기다란 실로 끝을 묶습니다. 그리고 그걸 삼켜요. 정말 꿀꺽 소리가 얼마나 크게 나는지 몰라요. 콘돔을 삼키고 나면 기다란 실을 어금니에다 꽉 묶어둡니다. 크크크, 나중에 끄집어 올려야 하거든. 바다에 나가본 적 있습니까? 배들이 항구에 도착하면 닻을 내리고 밧줄로 묶어두죠? 그 이치와 똑같습니다. 콘돔이 멀리 도망가지 못하도록 어금니에다 꽉 묶어두는 거죠. 밥 먹고 나서 이런 이야기 하려니까 비위가 좀 상하네요."

잭은 그렇게 말하면서도 키위와 딸기를 마저 먹었다. 플라스틱 용기에 들어 있던 물도 마셨고, 남겼던 빵 조각도 마저 먹었다. 2인분의 식사를 깔끔하게 해치웠다.

승무원들은 남자의 갑작스러운 죽음 때문에 승객들을 제대로 챙겨주지 못했다. 식사를 받지 못한 몇몇 승객은 카트로 가서 직접 식판을 들고 가기도 했다. 일등석으로 향하는 길에는 커튼이 둘러쳐 있었고, 대부분의 승무원이 그 안에 들어가 있었다. 사고가 일어난 지 20분이 지나서야 기내 방송이 나왔다.

"승객 여러분, 저는 기장입니다. 20분 전, 승객 한 명이 갑작스러운 심장마비를 일으켰습니다. 저를 포함한 전 승무원은 환자를 살리기 위해 최선의 노력을 다했지만, 운명을 바꿀 수는 없었습니다. 항로를 결정하기 위해 관제탑과 여러 의견을 주고받았습니다만, 최종 결론을 다음과 같이 내리게 되었습니다. 이 비행기는 목적지까지 예정대로 운항될 것입니다. 다시 한번 알려드립니다. 이 비행기는 목적지까지 예정대로 운항될 것입니다. 사고로 인해 잠시 중단된 기내 서비스는 곧 재개될 예정입니다. 감사합니다."

기내 방송이 끝나자 여기저기서 웅성거리는 소리가 들렸다. 일등석 쪽의 커튼이 열리고 승무원 한 명이 걸어 나왔다. 승무원은 죽은 남자의 옆자리에 앉아 있던 남자에게 무언가 말을 건네더니, 남자와 함께 일등석 쪽의 커튼 뒤로 다시 사라졌다. 잭이 데이브를 향해 말했다.

"궁금하지 않아요? 저 커튼 뒤에서 대체 어떤 일이 벌어지고 있는지?"

"아뇨, 별로."

"일등석에 있는 사람들은 대체 어떤 표정을 하고 있는지, 시체는 어떻게 눕혀졌는지, 그 많은 승무원은 전부 저기 들어가서 뭘 하고 있는지, 궁금하지 않아요? 내가 가서 좀 보고 올게요."

"보고 오겠다고요?"

"가서 슬쩍 커튼만 열어보면 다 알죠. 저는 잠깐만 봐도 모든 게 눈에 들어옵니다. 관찰하는 사람이니까요. 기다려봐요."

잭이 일어서자 통로 쪽에 앉아 있던 데이브도 일어설 수밖에 없었다. 잭은 복도로 나가서 일등석 커튼을 향해 성큼성큼 걸어갔다. 데이브는 아랫배가 묵직해지는 걸 느꼈다. 수백만 마리의 작은 벌레가 머리 쪽에서 발 쪽으로 기어가는 것 같았다. 모든 피가 아래로 몰려가고 있었다. 데이브는 배를 꾹 누르며 화장실로 향했다.

"긴장 풀어, 친구. 남자가 배짱이 있어야지."

데이브는 피에르의 마지막 말을 떠올렸다. 몇 시간 전의 일인데, 몇 달 전의 일처럼 아득했다. 피에르의 말과 함께 얼굴도 떠올랐다. 곱슬머리를 길게 기르고 여러 군데 피어싱을 한 얼굴은 쉽게 잊을 수 없는 형상이었다. 데이브는 화장실로 들어가서 변기 뚜껑을 닫고 그 위에 앉았다. 몸속의 벌레가 수백 개의 바늘을 들고 배를 푹푹 찔러대는 것 같았다. 배를 가른 다음 바늘을 모두 뽑아내고 싶었다.

"보물 이동 사업이라고 해두자. 어때, 괜찮은 직업 같지?"

전날 저녁 피에르를 처음 만난 자리에서 '보물 이동 사업'이라는 말을 듣고, 데이브는 어렸을 때 아버지를 따라가서 본 영화들을 떠올렸다. 흙 묻은 옷을 입고 고대 유적을 찾아 나서는 주인공이 멋있어 보였다. 주인공은 늘 간신히 살아남았고, 악당들을 물리쳤다. 어렸을 때는 삶이 그렇게 간단한 줄 알았고, 모든 타이밍이 그렇게 정확하게 자신을 도와줄 줄 알았다.

"보물 이동 사업을 간단하게 소개해줄게."

피에르가 말했다. 데이브는 어떤 일을 해야 하는지 대충 이야기를 듣고 왔지만, 피에르의 말을 막지 않았다.

"자, 거대한 생명체를 한번 상상해봐, 친구. 상상할 수 있는 최고치의 거대함을 떠올려봐. 미국보다 커도 괜찮고, 지구보다 커도 상관없어. 그런 생명체가 있다면 어떨 거 같냐. 무시무시하겠지? 코끼리, 공룡, 어떤 놈이랑 싸워도 무조건 이길 것 같지? 삐이이이이. 틀렸어. 그렇게 거대한 놈들은 절대 살아남질 못해. 명령 체계가 감각으로 전달되는 시간이 토스트 만드는 시간보다 오래 걸리거든. '자, 저놈을 때려 죽이자'라고 마음먹어도 주먹을 쥐기 전에 맞아 죽는단 말이야. 큰 놈들은 느릴 수밖에 없어. 지구는 언제나 작은 놈들 위주로 진화가 이뤄졌어. 무슨 말인지 알겠어, 친구? 우리는 각각의 단위들이야. 우리는 저마다 트럭이고, 식당이고, 놀이터고, 도서관이야."

"피에르."

"왜 그래, 친구."

"난 내일 비행기를 타야 해. 엄청 피곤할 거라고. 곧장 본론으로 들어가면 안 될까?"

"실기 위주로 하잔 말이지?"

"그래주면 좋겠어."

"그럼 한마디만 더 할게, 친구. 세상에서 가장 경이롭고, 흥미롭고, 숭고한 일이 뭔지 알아? 몸을 써서 하는 일이야."

"그래, 무슨 말인지 알겠어."

"자, 그럼 잘 보라고."

피에르는 책상 위에 놓여 있던 상자에서 라텍스 장갑을 하나 꺼냈다. 의사들이 수술할 때 쓰는 장갑이었다. 피에르는 가위로 장갑의 손가락을 하나씩 잘라냈다. 만들기 놀이를 하는 아이처럼 입을 꽉 다물고, 손가락을 잘라내는 데 집중했다. 온전하던 장갑은 다섯 개의 손가락과 손등으로 분리됐다. 피에르는 잘린 손가락을 가지런히 늘어놓았다. 그중에서 하나를 들더니 그 속에다 밀가루를 조심스럽게 부어 넣었다. 60퍼센트 정도가 차자 주변에 묻은 가루를 털어내고 바닥에 내려놓았다. 피에르는 같은 행동을 다섯 번 반복했다. 하얀색 밀가루 때문에 장갑의 손가락이 하얗게 보였다. 다섯 개의 하얀 손가락이 나란히 늘어서 있는 것 같았다.

피에르는 주머니에서 치실을 꺼내 적당한 길이로 잘랐다. 잘라낸 치실로 손가락들의 끝을 단단히 묶었다. 총알 같기도 하고, 소시지 같기도 한 다섯 개의 덩어리가 각각 치실 끝에 묶여 있었다.

"친구, 여기서 중요한 게 두 가지가 있는데 매듭 묶는 법을 확실하게 알아야 한다는 게 첫번째, 치실의 길이는 생각보다 훨씬 길어야 한다는 게 두번째. 그리고 중요한 팁 하나를 소개하자면, 일반적인 치실보다는 민트 향이

나는 치실이 삼키기가 수월해."

말이 끝나자마자 피에르는 손가락 하나를 집어삼켰다. 자신이 마술을 하고 있다는 듯한 손동작을 하면서, 두번째 손가락도 집어삼켰다. 다섯 개를 모두 삼킨 뒤에는 치실을 이용해 다섯 개를 다시 끄집어 올렸다. 데이브는 피에르의 동작들을 보면서 구토가 일어나려는 것을 간신히 참았다.

"요즘엔 이런 라텍스 장갑이나 콘돔을 잘 안 써. 전부 펠릿으로 옮겨가는 추세지. 그렇지만 영세한 업체나 올드 스타일을 좋아하는 사람들은 여전히 라텍스 장갑을 선호해. 싸고 간단하거든. 그리고 장갑을 삼킬 때는 구경하는 맛이 있어. 손가락 몇 개를 꿀꺽 삼키는 것처럼 보이잖아."

"몇 개까지 삼킬 수 있지?"

"이 손가락? 글쎄, 기네스북에 신청하지는 못하겠지만 아마 백 개 정도 먹은 친구들도 있을걸. 그 정도면 말도 못 할 과식이지. 어지간한 푸드 파이터를 능가해. 우린 적당량만 삼켜. 한 서른 개 정도? 운반 기일이 빠듯하면 맥시멈 쉰 개까지 삼킬 때도 있고……"

"내일 옮길 물건은 뭔데?"

"아, 그 얘길 안 해줬네. 제일 중요한 얘기."

"중요한 얘기?"

"보물 이동 사업자는 절대 보물의 정체에 대해 궁금해하지 않는다."

"자신이 뭘 삼키는지도 모르고 일을 해야 한다고?"

"왜? 겁나냐, 친구?"

"겁나는 게 아니라 불안한 거지."

"불안과 겁이 어떻게 다른데?"

"글쎄, 불안은 비행기 좌석에 앉지도 못한 채 서성거리는 것이고, 겁은 비행기 좌석에서 일어나지도 못할 정도로 얼어버리는 거겠지."

"걱정 마, 친구. 비행기는 입석이 없으니까 무조건 앉아서 가게 될 거야."

"고맙네, 불안이 싹 사라지네."

"배 속에 들어 있는 시한폭탄을 안전하게 운반하는 최고의 비법이 뭔지 알아? 긴장을 푸는 거야. 긴장을 하게 되면 온몸이 쪼그라들고, 그러면 금방 똥이 마려워지는 법이거든. 아까 얘기했지? 우리 몸은 트럭이기도 하고, 성전이기도 하고, 도서관이기도 하다고. 한편으로는 똥통이기도 하고…… 크크크."

"내일 어디로 가면 되지?"

"참, 똥 얘기가 나와서 말인데, 비행기에서는 가급적

음식을 먹지 않는 게 좋아. 무슨 말인지 알지? 기내에서 음식을 먹는다는 건 주사기의 밀대를 밀어 넣는 거나 마찬가지야. 위에서 누르면 아래는 터지게 마련이거든.”

피에르는 데이브에게 종이 한 장을 건넸다. 약도가 프린트된 종이였다. 피에르는 약도를 보고 있는 데이브의 어깨를 툭 쳤다.

“시작은 누구나 다 힘든 법이야. 긴장을 풀어, 친구. 남자가 배짱이 있어야지.”

데이브는 화장실 문을 두드리는 노크 소리에 정신이 들었다. 잠깐 잠이 들었던 것인지 정신을 잃었던 것인지 알 수 없었다. 차가운 물로 얼굴을 씻었다. 데이브는 거울에 비친 자신의 얼굴을 보았다. 입을 크게 벌리고 그 속을 들여다보았다. 어두워서 잘 보이지 않았다. 거울 속으로 내장이 보일 리 없었다. 죽은 남자의 표정과 함께 잭의 말이 거울에 나타났다. “뭐든지 삼켜버리는 괴물들이죠.” 그 말은 거울 속 자신의 얼굴 밑에 달리는 캡션이었다. 뭘 삼켰는지도 모른 채 죽어가고 싶지는 않았다. 문을 두드리는 소리가 다시 들렸다. 데이브는 안에서 문을 두드렸다.

데이브는 바지를 내리고 변기에 앉았다. 자신의 괄약근이 열리고 있는 중인지 닫히고 있는 중인지 분간하기가 쉽지 않았다. 몸에 있는 걸 모두 내보내고 싶었지만, 오히려 안으로 빨아들이고 있는 중인지도 모르겠다는 생각이 들었다. 어느 곳에 어느 정도의 힘을 주어야 할지 가늠이 되질 않았다. 문을 두드리는 소리가 다시 들렸다. 데이브는 바깥에 있는 사람을 향해 신경질적으로 문을 두드렸다. "사람이 있어요!" 데이브는 소리를 지르고 나서 다시 힘을 주었다. 힘을 주고 있다는 사실을 정확하게 알 수 있는 부위는 주먹뿐이었다. 팔뚝에서 핏줄이 불거졌다. 데이브는 포기하고 일어섰다. 바지의 단추를 잠그고 밖으로 나오자 얼굴이 창백해진 청년이 변기를 부술 것처럼 화장실 안으로 뛰어 들어갔다.

비행기는 평온했다. 식사를 마친 사람들은 불을 끈 채 잠이 들었다. 몇몇 사람은 책을 읽고 있었고, 몇몇 사람은 좌석 앞에 달린 모니터를 손가락으로 누르고 있었다. 몇 분 전에 사람이 죽은 비행기라고는 믿기지 않을 정도의 고요함이 공기 중에서 떠돌고 있었다.

"죽은 사람을 보고 왔어요."

데이브가 자리에 앉자 잭이 다시 말을 걸어왔다. 죽은 사람의 근황 따위는 듣고 싶지 않았지만 잭의 이야기를 막을 힘도 없었다. 데이브는 고개만 끄덕였다.

"죽은 사람을 어디에 눕혀뒀는지 알아요? 일등석 맨 뒷

자리예요. 저 커튼만 열면 바로 보인다니까. 조금 있다가 벙커로 옮기겠지만, 지금은 키트에 싸여서 일등석을 차지하고 있어요. 보고 싶으면 보고 와요."

"글쎄요, 별로 보고 싶진 않네요."

"죽은 사람의 얼굴을 보는 건 자주 찾아오는 기회가 아니에요. 게다가 자신과 전혀 모르는 사람일 경우는 정말 드물지 않습니까? 가족도 아니고, 친구도 아니고, 사랑하는 사람도 아닌데, 죽은 사람의 얼굴과 맞닥뜨릴 일은 거의 없죠."

"맞는 말이지만 죽은 사람 얼굴을 보는 게 유쾌한 경험은 아니잖아요."

"그건 데이브가 잘 몰라서 하는 소리입니다. 죽은 사람들은 마지막 얼굴로 자신의 모든 인생을 표현합니다. 어린 시절의 아름다운 추억, 괴로웠던 시절의 고통, 마지막 순간의 회한이 그 얼굴에 다 들어 있어요. 얼굴 하나로 최소한 30년의 시간을 표현하는 겁니다. 볼 수 있으면 봐야죠. 커튼 하나만 열면 수십 년을 압축한 풍경이 펼쳐지는데 보지 않을 이유가 없습니다."

잭은 웃는 얼굴로 데이브를 다그치고 있었다. '그렇게 겁이 많아서 어떡하냐'고 얘기하는 것 같았다. 지금 이 순간을 놓치면 오랜 시간 자책하며 괴로워할 것이라는 말도 들리는 것 같았다. 데이브는 일어서고 싶었지만 배가 아팠다. 바늘로 찌르는 걸로는 부족했던지 이제는 장을 틀어쥐고 비틀어 짜고 있었다. 데이브는 배를 움켜잡고 허리를 굽혔다.

"왜 그래요? 어디 아파요?"

잭이 물었다.

"아닙니다. 속이 계속 안 좋네요."

데이브가 대답했다.

"승무원을 부를까요?"

"아뇨. 괜찮아요. 그 정도는 아닙니다."

데이브가 배가 아프다고 하면, 아버지는 한국식 마사지를 해주겠다면서 등을 두드려주곤 했다. 등을 두드려야 하는 이유도 빼놓지 않았다. 배가 아픈 것은 장이 꼬여 있는 것이고, 장이 꼬여 있을 때는 등을 두드려서 장을 펴주어야 한다는 논리였다. 아버지는 작은 손으로 데이브의 등을 세심하게 두드려주었다. 척추를 따라 위에서 아래로 두드렸고, 견갑골 아래의 골짜기도 놓치지 않았다. 아버지가 등을 두드려주고 나면 실제로 배가 덜 아팠다. 실제로 장이 펴지는 것인지도 모르겠다고 생각했다. 시간이 지나자 통증이 덜해졌다. 데이브는 허리를 폈다. 등을 두드려달라는 말을 하고 싶었지만 배 속에 들어 있는 물건에 충격이 전해질까 두려웠다. 통증은 줄었지만 데이브의 몸 전체로 이상한 감각이 퍼져나가기 시작했다. 몸이 빳빳하게 굳고 있었다. 배 속에 커다란 쇠공이 들어 있는 것 같았고, 그 공은 점점 커지고 있었다. 공은 점점 커져서 토해낼 수도 없었다. 항문으로 끄집어낼 수도 없었다. 데이브는 점점 무겁게 가라앉는 아랫배를 만져보았다. 누군가 배 속에 들어가 시멘트를 바르고 있는 것 같기도 했다.

데이브는 아침 일찍 피에르가 말한 사무실에 들러서 펠릿 스무 개를 삼켰다. 펠릿 속에 뭐가 들어 있는지는 물어보지 않았다. 어떤 물건이 들어 있든 마찬가지일 것이란 생각이 들었다. 펠릿을 삼키는 일은 어렵지 않았다. 삼키기에 알맞은 크기였다. 펠릿이 목구멍을 넘어가서 식도로 이동하는 게 고스란히 느껴졌다. 라텍스 장갑을 이용하던 피에르의 말이 떠올랐다. "병원에서 괴로웠던 적 없어? 수술을 하는데 너무 힘들었거나 마취 주사가 너무 아팠거나…… 그때 널 괴롭혔던 의사 놈들의 손가락을 먹는다고 생각해봐. 아주 짜릿짜릿할 거야." 삼키고 있는 펠릿이 누군가의 손가락이라고 생각하자 헛구역질이 나려고 했다. 데이브는 침을 삼켜서 펠릿이 역류하지 못하도록 했다. 스무 개의 펠릿을 모두 삼키고 나자 목구멍까지 무언가 차오르는 듯한 기분이 들었다. 기분 탓일 거라고 생각했다.

"혹시 그거 압니까?"

눈을 감고 있는 데이브에게 잭이 말을 걸었다. 데이브는 대답 대신 눈을 떴다.

"승무원들이 아무 일도 안 하는 것 같지만 실은 엄청나게 바쁜 사람들입니다. 쉬는 시간이 별로 없어요. 오늘처럼 사고가 일어나면 정신이 하나도 없겠지만, 평소에도 하는 일들이 많아요. 항공사마다 차이가 있지만 기내에서 누가 식사를 하지 않는지 체크하는 승무원들도 있어요."

"식사를 체크한다고요?"

"그러고 보니, 데이브는 식사를 안 했군요?"

"속이 안 좋아서 그랬죠."

"아까 죽은 남자도 아마 식사를 안 했을 겁니다. 하긴, 식사를 받기도 전에 쓰러져서 죽었죠. 스왈로워들은 식사를 하지 않습니다. 밥을 먹으면 장에 들어차 있는 물건들이 아래로 밀려가니까요. 데이브가 식사를 하지 않은 이유가 그 때문이라고 해도 승무원들은 눈치채지 못했을 겁니다. 오늘 워낙 정신이 없었던 데다 데이브의 식사는 제가 깨끗하게 해치웠으니까요."

데이브는 대꾸를 하지 않았다. 그렇다고 할 수도 없었고, 아니라고 할 수도 없었다. 아버지가 했던 이야기들이 부분적으로 떠오르기도 했다. 어떤 이야기였는지는 정확히 기억나지 않았다. 잭이 계속 얘기했다.

"궁지에 몰린 데이브를 위해서 내가 밥을 대신 먹었다고는 생각하지 마세요. 제가 그 정도로 남의 일에 참견하길 좋아하는 사람은 아닙니다."

잭은 목베개를 베고 다시 눈을 감았다.

데이브는 심호흡을 했다. 통증은 줄어들었고, 배가 딱딱해지는 듯한 감각도 조금씩 사라졌다. 펠릿이 터졌거나 내용물이 새어 나온 것은 아닌 모양이었다. 데이브는 눈을 감고 자신의 내부를 느껴보았다. 조금씩 움직이는, 꿈틀거리는 장기를 느낄 수 있었다. 데이브는 잠들지 않고 모든 감각을 동원해 내부를 응시했다. 잠들지도 않고 깨어 있지도 않은 시간이 고요하게 흘러갔다.

비행기가 도착했을 때 데이브는 제일 먼저 달려 나가고 싶었다. 세관을 통과한 다음 화장실로 뛰어 들어가 펠릿들을 모두 배출하고 싶었다. 펠릿들이 몸 밖으로 사라지기만 한다면 무슨 일이든 할 수 있을 것 같았다. 모든 걸 쏟아버리고 난 다음 시원한 맥주를 한잔하고 싶었다. 데이브는 선반에서 가방을 꺼냈다. 사람들은 자리에서 모두 일어나 나갈 준비를 하고 있었다. 주말의 고속도로에 서 있는 자동차들처럼 모두들 출구 방면을 두리번거렸다. 선반에서 가죽 가방을 꺼내 든 잭이 데이브에게 말을 걸었다.

"나갈 때 꼭 봐요."

"네?"

"죽은 남자를 어디로 옮겼는지 봤어요. 승무원들 벙커로 가는 커튼 보이죠? 저것만 열면 볼 수 있어요. 시신 처리를 어떻게 할 건지 의논하고 있을 테니 우리가 나갈 때까진 저기 있을 거예요."

"프로세스를 잘 아시네요?"

"관찰하면 다 알 수 있어요. 꼭 봐요. 다시 보기 힘든 장면이니까. 비행기에서 헤로인중독으로 죽은 남자를 언제 다시 볼 수 있겠어요."

"그러죠."

데이브의 손이 갑자기 떨리기 시작했다. 죽은 남자를 봐야 한다는 생각 때문이었다. 기내 통로에 서 있는 많은 사람이, 마치 죽은 남자를 보기 위해 줄을 서 있는 것처럼 느껴졌다. 순서를 기다리고 있는 것 같았다. 데이브는 자신의 뒤에 서 있는 잭이 신경 쓰였다. 커튼을 열지 않고 지나치면 자신의 뒷덜미를 잡아챌 것 같았다. 데이브는 망설이지 않고 커튼을 열었다. 커튼에 신경을 쓰고 있는 사람은 잭과 데이브뿐이었다. 죽은 남자는 침낭 같은 키트에 싸여 있었다. 침낭에서 잠을 자는 사람처럼 얼굴만 밖으로 나와 있었다. 시신을 보관할 때는 얼굴을 꺼내놓아야 한다는 규칙이 있는 모양이라고 생각했다. 데이브는 죽은 남자를 5초쯤 보고 커튼을 닫았다. 남자의 얼굴이 사라지지 않고 데이브의 눈앞에 남았다. 남자의 얼굴은 창백했지만, 얼굴에는 이상한 미소 같은 게 어려 있었다. 미소가 아니었을 수도 있는데, 눈앞의 잔상에서 남자는 분명히 웃고 있었다. 커튼을 한 번 더 걷고 싶었지만, 데이브는 계속 앞으로 걸어야 했다. 아랫배가 다시 묵직해지는 걸 느꼈다. 숨어 있던 고통이 되살아났다.

"봤어요?"

잭이 뒤에서 물었다.

"네, 봤어요."

데이브가 고개를 돌려 대답했다.

"어때요?"

"어떻다뇨?"

"얼굴을 본 소감이 어때요?"

"소감이랄 게 있나요."

"지금도 기억나죠?"

"조금 전에 봤으니까 기억나죠."

"계속 기억날 겁니다. 시간이 지나도 오랫동안 기억날 거예요. 그게 죽은 사람이 가지고 있는 마지막 힘이죠. 뇌리에서 사라지지 않으려고 안간힘을 다해서 만들어낸 최후의 표정."

"그런데 저 남자, 지금 웃고 있어요?"

"글쎄요. 웃고 있는 것처럼 보였다면 웃고 있는 거겠죠."

"당신은 어떻게 기억하는데요?"

"표정을 설명하기는 힘들죠."

"웃고 있는 것처럼 보이진 않았죠?"

"웃고 있는 것 같기도 했어요."

승무원들이 데이브에게 인사를 했다. 활주로에서 구급차 한 대가 비행기로 다가오는 게 보였다. 데이브는 잭에게 간단한 인사를 했다. 만나서 반가웠다고, 얘기할 수 있어서 즐거웠다고, 여행 잘 하시라고. 데이브는 잭의 여행지를 알지 못했다. 여행 중인지조차 알지 못했지만 잭을 향해 손을 흔들었다. 데이브는 빨리 걸었다. 찾아야 할 가방도 없었기 때문에 곧장 세관을 향해 걸어갔다. 데이브는 세관 신고서를 내밀며 세관원을 향해 미소를 지었다. 세관원은 웃지 않았다. 데이브는 주머니에서 휴대전화를 꺼냈다. 마땅히 전화를 걸 만한 곳은 없었지만 긴장한 모습을 보이지 않으려고 어딘가에 전화를 걸었다. 오랜만에 아버지의 목소리가 듣고 싶어졌다. 신호가 가는 동안 세관을 통과했다. 아버지는 전화를 받지 않았다. 통과했다는 홀가분함 때문인지 아랫배의 통증이 느껴지지 않았다. 세관을 지나서 출입구 쪽을 향하는데 뒤에서 자신을 부르는 소리가 들렸다. "데이브 한 씨." 잭의 목소리인지 세관원의 목소리인지 구별하기 힘든 남자의 목소리였다. 데이브는 웃으면서 돌아보았다.

심심풀이로
앨버트로스

플라스틱 섬에서 살아 돌아온 사람의 이야기를 들어
본 적이 있는지 모르겠다. 나는 그 이야기를 수진에게서
들었다. 수진은 올해로 15년째 소설을 쓰고 있는 작가인
데, 지금까지 일곱 권의 장편소설을 펴냈고, 그중 한 권은
20만 권 이상이 팔린 베스트셀러가 되었다. 평생 수천 대
의 자동차를 훔친 자동차 도둑왕의 실화를 소재로 한 소
설인데, 다른 사람들의 평가에 비해 나는 재미있게 읽지
못했다. 평론가들과 대중은 근래 보기 드문 박진감 넘치
는 소설이라고 호평했지만, 자동차를 훔칠 수밖에 없는
주인공의 심리를 나는 도무지 이해할 수 없었다. 자동차
절도 기술에 대한 묘사가 부족한 것 같다고 수진에게 충
고했지만 수진은 그게 중요한 게 아니라고 대답했다. 이

야기에서 어떤 걸 중요하게 생각하는지는 사람마다 다를 수밖에 없다.

수진은 이야기의 소재를 실화에서 자주 찾았다. 신문을 열심히 읽었고, 『내셔널지오그래픽』 같은 잡지도 정기 구독했다. 텔레비전에서 방송하는 다큐멘터리 프로그램은 빼놓지 않고 보았다. 수진이 플라스틱 섬에서 살아 돌아온 사람의 이야기를 꺼냈을 때도 나는 그 이야기의 출처가 신문이나 잡지 혹은 텔레비전이라고 생각했다. "아니야. 내가 아는 사람이 본인에게 직접 들은 이야기야." 수진이 그렇게 말했다. 수진이 알고 지내던 알렉스가 조이에게서 들은 이야기라고 했다. 플라스틱 섬에서 살아 돌아온 사람이 조이, 조이의 친한 친구가 알렉스, 알렉스와 서핑을 같이하는 사람이 수진, 수진의 이야기 친구가 나…… 세상은 그렇게 연결되어 있다.

수진은 서핑을 하다가 바다에서 떠내려오고 있는 플라스틱 백 하나를 보았다. 거기에는

THANK YOU
Have A Nice Day

라고 적혀 있었다. 수진이 알렉스에게 말했다.

"아무리 비닐봉지라지만 이렇게 평생 떠다니는 인생도 피곤하겠다. 만나는 사람 모두에게 고맙다고 얘기하는 거니까."

"뒷면에 'FUCK YOU'라고 적혀 있는 게 아닐까?"

"그럼 우린 운이 좋은 거네."

"수진, 정말 운이 좋은 사람은 미개봉 상태의 플라스틱 백을 줍겠지. 그 안에는 샤넬이나 구찌 신상이 들어 있고."

"진정한 의미의 시크릿 박스네. 샤넬과 구찌의 경영진이 신상품을 시크릿 박스에 넣어 바다에 던지면 재미있겠다."

"발견하면 내가 양보할게."

"고마워, 알렉스. 그런데 우리가 발견할 때쯤이면 이미 신상이 아닌 게 될 거야. 바다는 넓으니까."

"플라스틱 섬 같은 곳에서 발견하면 뭐든 신상이지."

"플라스틱 섬?"

"플라스틱 섬 몰라? 내가 얘기 안 했었나? 거기서 살아 돌아온 친구 이야기?"

그렇게 알렉스가 얘길 꺼냈고, 그 이야기를 들은 수진이 내게도 전했다. 수진은 그 이야기를 소설로 써보려고 했다. 나에게 어떤 식으로 이야기를 풀어가면 좋을지, 주인공이 겪는 최고의 모험은 어떤 것으로 하면 좋을지 물어보기도 했다. 나는 수진을 돕기 위해 많은 이야기를 함께 나누었지만 끝내 소설은 완성되지 못했다. 수진은 어느 날 내게 와서 플라스틱 섬에서 살아 돌아온 사람 이야기를 더 이상 쓰지 않겠다고 말했다.

"그 이야기에 시적인 순간은 있지만 소설적으로 감동적인 순간은 없는 것 같아."

소설적이라는 게 어떤 건지 물어보려다 그만두었다. 수진은 계속 이야기했다.

"몇 달 동안 그 이야기를 곱씹어보고, 자료도 찾아보고 했는데, 각이 나오질 않아. 도무지 이야기에 뾰족한 부분이 없어. 물에 대한 이야기라서 그런 건가? 하하하하."

나는 같이 웃지 않았다.

내가 알기로 소설가는 이야기를 칼로 자르고 분해한 다음 처음부터 다시 조립하는 사람들이다. 분해와 조립을 반복하다 보면 이야기의 원래 형체는 없어지고 완전히 새로운 이야기로 다시 탄생하게 된다. 이야기도 피곤해지고, 소설가도 피곤해진다. 어떤 이야기는 분해와 조립이 필요하지 않을 수도 있다. 사실 그대로를 기록하는 게 의미 있을 때도 있다. 내가 수진 대신 조이의 이야기를 기록한 것도 그 때문이다.

조이가 겪었던 일을 알렉스에게 말하고, 알렉스가 수진에게 전하고, 수진이 그 이야기를 다시 나에게 전한 만큼 논리적으로 모순되거나 디테일이 생략될 여지가 많았다. 부족한 부분을 물어볼 수도 있었지만, 내가 수진에게 묻고 수진이 알렉스에게 묻고 알렉스가 조이에게 물어서 이야기의 빈 곳을 채울 수도 있었지만, 그러지 않기로 했다. 수진은 언젠가부터 그 이야기의 권리가 자신에게 있는 것처럼 굴었다. 나는 최대한 자료를 그러모았다. 관련 자료도 모두 검토했다. 이야기는 경비행기 추락 사건에서 시작된다.

바다 위로 추락한 경비행기에서 간신히 탈출한 조이는 커다란 플라스틱 통을 붙잡았다. 플라스틱 통은 어디론가 계속 끌려 들어가고 있었고, 조이는 바다의 흐름에 자신의 몸을 맡겼다. 정신을 잃지 않기 위해 눈을 부릅떴다. 몇 시간이 흐른 후 조이는 '기적'이라는 해류를 타고 무인도에 도착했다. 플라스틱 쓰레기 때문에 해변의 진짜 모습을 볼 수는 없었지만 조이는 기뻤다. 조이는 플라스틱 통을 버리고 무인도로 올라섰다. 섬의 모습은 기괴했다. 축구 경기장만 한 크기의 섬에는 나무가 다섯 그루 정도밖에 없었다. 숯이 되어 까맣게 타버린 목재를 누군가 일부러 심어놓은 것처럼, 나무들에게는 생명력이라곤 없어 보였다. 마른 이파리들만 몇 개 달려 있을 뿐이었다. 커다란 쓰레기가 섬 군데군데 방치돼 있었다. 해류에 밀려온 플라스틱 쓰레기들이 한군데 쌓였고, 넘쳐흐른 쓰레기들이 옆으로 퍼져나갔다. 한때 무언가를 포장했을 수십만의 플라스틱 포장재들이 썩지도 않고 쌓여가고 있었다. 바닥 역시 일반적인 모래는 아니었다. 늪지대를 걸을 때처럼 발이 푹푹 들어갔다. 조이는 물을 찾아서 섬을 돌아다녔다. 뚜껑이 닫혀 있는 커다란 생수 통 하나를 찾아냈고, 그 안에 들어 있는 물을 마셨다. 바닷물은 아니었다. 담수가 분명했지만 맛이 이상했다. 그래도 먹을 만했다.

조이는 걸어 다니면서 플라스틱 쓰레기에 말을 걸었다. 무생물을 향해 말을 거는 일은 조이가 가장 잘하는 일이었다. 달력에, 책상에, 커피 메이커에, 모니터에, 키보드에, 스탠드에, 에어컨에, 휴지통과 그 안에 든 쓰레기에, 베개에, 이불에, 포크와 칼에, 신발에, 창문에 말을 걸었다. 조이는 모든 물체가 살아 있다고 느꼈고, 그들을 하나의 생명으로 대했다. 베개에게 말을 걸면 실제로 베개는 최선을 다해 조이를 잠으로 안내했다. 커피 메이커는 더 맛있는 커피를 만들어냈고, 포크와 칼은 절대 휘지 않았다. 조이는 그렇게 믿었다.

기진맥진하다 지쳐 잠든 조이는 새벽녘에 배가 고파 깼다. 햇빛이 어둠을 찔러 아침을 깨우듯 허기는 고통스럽게 조이의 배 속을 찔러댔다. 조이는 눈을 감았다 뜨기를 반복했지만 허기가 사라지지는 않았다. 먹을 것을 찾아야 할 시간이었다. 바닷속으로 들어가 먹을 것을 채취하거나 섬 위에 널브러져 있는 쓰레기 속에서 음식물을 발견해야 했다. 조이는 바닷속으로 잠수해보았다. 물이 탁해서 앞이 잘 보이지 않았다. 조금 더 잠수해보았다. 숨을 쉬고 싶다는 욕망이 목구멍까지 치밀어 올랐지만 참아보기로 했다. 물속으로 내려가다 보면 자신의 위치를 정확히 알 수 없다. 숨을 참으며 어디까지 가야 하는지, 어느 정도의 숨을 비축해두어야 편안하게 돌아올 수 있을지 가늠하기 힘들다. 조이는 아무런 소득 없이 수면 위로 올라왔다.

"숨을 오랫동안 참는 방법으로 자살할 수 있다면 얼마나 좋을까?"

알렉스의 이야기를 듣다가 수진이 말했다.

"그게 왜 좋아?"

알렉스는 서프보드를 해변에 던지고는 털썩 주저앉았다.

"많은 사람이 간단하게 죽음을 선택할 수 있을 거 아냐."

"너무 간단해지겠지."

"간단한 게 좋지 않아?"

"그랬다면 조이는 살아 돌아오지 못했을 거야. 일찌감치 포기했을 테고, 아마 간단하게 죽어버리는 쪽을 선택했을 거야."

"그랬을까?"

"조이가 플라스틱 가득한 해변을 멍하니 바라보다가 발견한 문장이 뭐였는 줄 알아?"

"금요일은 분리수거 날입니다?"

"웃겼어. 소설가다운 농담이네."

"우리 동네 분리수거하는 날이 금요일이라서 던져본 거야. 오늘이 금요일이잖아."

"테스코의 비닐봉지에 적혀 있는 문장이었어. '낭비할 시간이 없다.'"

"지구에 대한 이야기였겠구나."

"아마 그랬겠지. 지구에 쓰레기를 버리지 말자는 이야기였겠지만 조이는 전혀 다른 의미로 받아들였을 거야."

조이는 낭비할 시간이 없었다. 힘을 내고 일어나서 해변을 샅샅이 뒤졌다. 어딘가에 분명히 먹을 것이 있을 거라고 믿었다. 믿어야 찾아낼 수 있었다. 조이는 해변에 널려 있는 비닐과 플라스틱을 발로 툭툭 차면서 걸었다. 부풀어 오른 비닐봉지들은 발로 눌러보았고, 엎어진 플라스틱 그릇은 반드시 뒤집어서 내용물을 확인했다. 30분쯤 걸어갔을 때 조이의 눈앞에 깡통이 나타났다. 하인즈에서 만든, 아직 뜯지 않은 콩 통조림이었다. 콩 통조림을 보는 순간 조이의 입안에 침이 고였다. 토마토소스에 잠겨 있는 콩의 사진은 세상의 그 어떤 명화보다도 고귀해 보였다. 뚜껑에 손잡이가 달려 있는 캔이라는 사실도 조이를 감격하게 만들었다. 조이는 손가락으로 콩을 집어 먹었다. 토마토소스의 달콤하고 시큼한 맛이 목구멍을 넘어가는 순간 몸속의 모든 세포가 영양분을 섭취하기 위해 몰려들었다.

콩은 순식간에 사라졌다. 조이는 깡통 깊은 곳으로 손가락을 넣어 소스를 긁어냈고 마지막 한 방울까지 놓치지 않았다. 포만감이 노곤함으로 바뀌면서 조이의 시야도 넓어졌다. 보이지 않던 것들이 보였고, 자신의 상황을 객관적으로 조망할 수 있었다. 조이는 자신이 살아남을 확률을 따져보았다. 아무리 높게 잡아도 10퍼센트 이상은 힘들었다. 자신의 건강 상태, 섬의 환경, 담수의 양, 구조될 확률, 탈수로 인한 질병 가능성 등의 요인을 분석해 봤을 때 조이는 나흘을 넘기지 못할 확률이 높았다. 통계

학을 공부할 때 교수에게 처음으로 들었던 문장이 생각
났다.

"쓰레기를 넣으면 쓰레기가 나온다."

잘못된 데이터를 넣으면 제대로 된 결과물을 얻을 수
없다는 뜻이지만 섬에 갇힌 조이에게 그 문장의 의미는
다르게 느껴졌다. 쓰레기를 넣었기 때문에 더 많은 쓰레
기가 생겨난 것이다. 자신 역시 이제 곧 지구의 쓰레기가
될 확률이 높았다. 그래도 다행인 것은, 플라스틱과 달리,
조이는 썩을 것이다.

조이는 이파리가 거의 붙어 있지 않은 나무 아래에서
간신히 그늘을 찾아냈다. 가로세로 1미터 정도의 공간이
었다. 태양의 움직임에 따라 그늘도 이동했고, 조이는 그
늘을 따라 움직였다. 조이의 눈앞에 어린 시절부터 지금
까지의 몇몇 장면이 나타났다. 인생의 중요한 장면이 아
니라 아주 사소한 장면들이었다. 어머니가 사 준 빵이 먹
기 싫다면서 바닥으로 내팽개친 것이 열 살 때였던가. 조
이는 그 장면을 떠올릴 때마다 빵 속에 어떤 재료가 들어
있었는지 기억해보려고 애썼다. 빵 속의 무언가가 무척
싫었기 때문에 그걸 버린 것일 텐데, 도무지 기억이 나지

않았다. 조이는 연어를 먹지 않는다. 올리브도 먹지 않는다. 로즈메리도 먹지 않는다. 그중의 하나가 들어 있었던 게 아닐까. 조이는 대학에서 '유방암 진단에 대한 연구 결과'를 접하고 나서 답을 찾았다.

1993년 하버드 대학의 연구자들은 유방암 진단을 받은 여성 집단과, 비슷한 연령대의 암 진단을 받지 않은 여성 집단을 비교한 적이 있다. 두 집단의 여성들에게 어린 시절 식습관에 관해 물어보았다. 유방암 진단을 받은 여성 집단은 어렸을 때부터 고지방 식사를 자주 했다고 털어놓았다.

"진짜? 난 그런 연구 결과는 처음 들어."

수진은 선글라스를 끼고 드러누웠다. 태양이 모래와 바다를 가리지 않고 뜨겁게 달구고 있었다.

"나도 조이에게 처음 들은 연구인데, 핵심은 그게 아냐."

알렉스는 모래 위에 엎드린 채 휴대전화를 만지작거리고 있었다.

"어린 시절부터 고지방 식사를 자주 하면 암에 걸린다, 그게 핵심이 아니라고?"

"인간들이 얼마나 교묘한데 그렇게 단순한 거로 데이터를 만들겠어."

"그럼 핵심이 뭔데?"

"조이가 길게 설명해줬는데…… 기억 편향이라는 게 있대. 유방암에 걸린 사람들은 자신이 고지방 식사를 자주 했다고 기억한다는 거야. 어렸을 때 뭘 먹었는지 자세하게 기억하는 사람이 대체 몇이나 되겠어. 기억이 그런 식으로 바뀌게 되는 거지. 반면에 암에 걸리지 않은 사람들은 평범한 식사를 했다고 기억했고."

"현재가 기억을 바꾸는 거네?"

"바꾼다기보다 자신들의 기억을 조작하는 거지."

"진실은 아무도 모르는 거네. 기억을 프린트해서 볼 수도 없고."

"그렇지. 아무도 알 수 없지. 그 사람들은 자신의 과거에 무언가 잘못되었고, 돌아가서 그걸 바꾸고 싶다고 느끼는 거야."

수진에게서 이 이야기를 들었을 때 나는 과학자와 의사의 국제 네트워크인 '코크란 연합'의 유방암 관련 분석 결과를 떠올렸다. 유방암 검사를 받은 50세 이상의 여성 천 명 중 10년이 지나 유방암으로 사망한 숫자는 4명이었다. 검사를 받지 않은 여성 중에는 5명이 사망했다. 코크란 연합은 결과에 이런 말을 덧붙였다. "천 명의 여성이

유방암 사망자 수를 1명 줄이기 위해 10년 동안 검사를 받았다." 게다가 10년 동안 검사를 받은 천 명 중에 약 백 명은 오진 때문에 잘못된 경고를 받기도 했다. 조이의 이야기에 내가 아는 이야기를 결합해보면 몇몇 사람은 오진 때문에 자신의 어린 시절을 쓸데없이 후회하고 있는 셈이다. 기억 편향 때문에 괴로워하던 한 사람이 오진임을 알게 된 후의 결과가 궁금했다. 그는 기억을 바로잡았을까. 아니면 이왕 이렇게 마음먹은 김에 식습관을 바꾸게 되었을까. 아니면 더욱더 고지방 식사에 집착하게 됐을까. 통계는 또 다른 통계를 궁금해하게 만든다. 나도 조이 못지않게 통계에 관심이 많다. 내 속에는 그런 통계들로 가득하다.

조이는 빵에 대해 다시 생각했다. 빵 속에 든 재료가 싫어서 그걸 버린 게 아닐지도 모른다. 어쩌면 지금의 행동에 반드시 원인이 있어야 한다고 생각했고, 연어와 올리브와 로즈메리를 싫어하게 된 원인을 억지로라도 찾기 위해 빵을 버리는 장면이 필요했는지도 모른다. 원인이 없는 결과도 가능하지 않을까.

조이는 진흙이 묻은 플라스틱 덩어리를 집어 들었다. 어릴 때 물끄러미 바라보던 빵보다 짙은 갈색의 흙이 묻어 있었다. 플라스틱은 일회용 도시락으로 쓰였던 것이고, 뚜껑에는 이런 문장이 적힌 스티커가 붙어 있었다.

식사 시간에 맞춰 신선한 도시락을 주문하세요.
어디든지 달려갑니다.

조이는 누군가의 삶을 생각했다. 도시락을 주문하고 기다리는 시간, 도시락이 식사 시간에 맞춰 도착하고, 아니, 오히려 식사 시간보다 약간 늦게 도착하고, 배가 고팠던 그 사람은 약간 화를 내면서 도시락을 열었지만, 안에 들어 있는 따끈따끈한 밥 때문에 화가 녹아내리고, 따뜻한 음식이 위장을 천천히 통과한다. 배가 부른 그는 도시락을 쓰레기통에 버리는데, 그 안에는 아직도 음식이 남아 있었지만 아무도 그걸 눈치채지는 못한다. 플라스틱 도시락은 그렇게 여기까지 왔다. 음식물은 바닷물에 씻겨서 물고기들의 밥이 되었을 것이다. 물고기들은 좋았겠네. 어떤 걸 먹었을까, 물고기들은.

조이는 스티커를 뜯어보았다. 깔끔하게 뜯어지지 않아서 손톱을 세워 긁었다. '식사 시간'이 지워지고 '어디든지'가 지워졌다. 자신의 식사 시간에 맞춰 어디든지 달려올 수 있는 사람이 있다면 좋겠지만 지금 자신이 살아남을 확률은 점점 떨어지고 있었다. 조이는 다시 섬을 돌아다니면서 먹을 것을 구하기로 했다. 플라스틱 지팡이를 하나 발견한 다음에는 탐색이 수월해졌다. 해가 져서 더는 탐색할 수 없을 때까지 조이는 3백 밀리리터 물통 한 개와 복숭아 통조림 하나, 바닷물이 들어가 눅눅해진 비스킷 한 통을 주웠다. 조이는 딱딱한 플라스틱 상자 하나를 구한 다음 땅을 파는 데 사용했다. 땅을 파낸 자리에다 플라스틱을 이리저리 얼기설기 엮었더니 침대 비슷한 잠자리가 만들어졌다. 안락함과는 거리가 멀었지만 바닥의 한기를 막아줄 수는 있었다. 조이는 플라스틱 침대에 누워, 하늘에서 내려다본 도시의 불빛처럼 까마득하게 멀리서 작게 반짝이는 별빛들을 올려다보았다.

플라스틱 상자에 들어 있는 자신의 모습을 하늘에서 내려다본다면, 큼지막한 도시락처럼 보일지도 모르겠다는 생각이 들었다. 뒤척일 때마다 플라스틱이 삐걱대는 소리가 들려 깊이 잠들기는 힘들었다. 그래도 조이는 소리가 나는 게 좋았다. 플라스틱이 내는 소리를 들으면 살아 있는 생물과 함께 누워 있는 것 같았다. 왼쪽으로 돌아누우면 오른쪽 엉덩이에 있던 컴퓨터 보호용 대형 플라스틱 상자가 소리를 질렀고, 다시 반대로 돌면 이삿짐 상자로 쓰이던 플라스틱이 삐걱거리면서 비명을 질렀다.

조이는 눕기 전에 외웠던 성분표 속의 이름을 소리 내어 발음해보았다.

"아데노신, 나이아신아마이드, 티타늄디옥사이드, 에칠헥실메톡시신나메이트, 에칠헥실살리실레이트, 디페닐실록시페닐트리메치콘, 부틸렌글라이콜, 알루미늄하이드록사이드, 바륨설페이트, 페닐트리메치콘······"

몇 개는 틀린 것 같지만 상관없었다. 눈앞에서 반짝이는 별들과 잘 어울리는 낭독이었다. 만약 아직까지 이름 없는 별이 있다면 소개해주고 싶을 만큼 어울리는 이름들이었다. 별 중에는 이미 소멸한 것도 많을 것이다. 아마 별들은 재활용되지 않을 것이다. 한 번 쓰이고 별빛을 남긴 채 소멸할 것이다. 조이는 지상의 폐품 위에 누워 재활용되지 못하는 별을 바라보았다. 조이는 자신 역시 일회용이라는 생각이 들었다.

"인간이 일회용이라고?"
수진은 아이스커피 속에 들어 있던 얼음을 깨물어 먹으면서 물었다.
"생각해보면 조이 말대로 일회용이긴 하지."

알렉스는 휴대전화로 게임을 하고 있었다. 미로를 빠져나가는 종류였는데, 아직은 헤매는 중이었다.

"인간이?"

"그럼 몇 회용인데?"

"일회용이라고 하기엔 너무 오래 사는 거 아냐?"

"일회의 개념을 어떻게 생각하느냐에 따라 달라지겠지."

"한 번뿐인 인생이다, 뭐 이런 얘기야?"

"부활이나 내세 같은 게 없다는 거지. 죽으면 끝나는 거고, 아무도 신경 쓰지 않으니까."

"하긴, 내가 소설을 쓰는 이유도 그래서인지 모르겠다."

"소설 쓰는 이유?"

"소설이야말로 생명 연장의 꿈이 실현되는 거잖아. 내가 살아보지 못한 인생을 마음껏 쓸 수 있으니까."

"소설가의 상상력으로 이 게임의 미로 좀 해결해줄래?"

"소설가의 상상력은 그런 하찮은 데 쓰이는 게 아냐."

"이게 하찮아? 지금 얼마나 중요한 스테이지인데…… 여길 넘어가야 엔딩을 볼 수 있단 말야."

"엔딩 봐서 뭐 하게."

"뭐 하다니, 엔딩을 봐야 마음이 후련하지. 해피 엔딩인지 새드 엔딩인지, 그걸 모르면 게임을 끝낼 수 없어. 과정이 아무리 좋아도 새드 엔딩이면 뭔가 찜찜하단 말이야."

알렉스가 하던 게임이 뭐냐고 물었는데 수진은 이름을 대지 못했다. 게임의 분위기와 주인공의 외모 묘사, 미로의 형태를 듣고 나서 나는 어떤 게임인지 곧바로 알 수 있었다. 난이도가 높은 게임은 아니었다. 수중 미로가 조금 복잡하고, 건물 위로 올라가는 비밀 문에 약간의 트릭이 있는 것 말고는 평범한 게임이다. 어떤 게임을 좋아하는 가에 따라 그 사람의 성격을 알 수 있는데, 알렉스는 아마도 엔딩에 집착하는 스타일인 것 같았다. 게임의 과정을 즐기는 사람이 있고, 반드시 게임의 끝을 봐야 하는 사람이 있다. 엔딩에 집착하는 사람은 어려운 게임을 좋아하지 않는다.

수진에게 이야기를 들으면서 나는 조이가 값진 경험을 했다는 생각이 들었다. 살아 돌아온 것을 알고 있기 때문에 그러는 게 아니라 플라스틱 섬에서 생존한 경험은 흔히 할 수 있는 게 아니니까. 게다가 '에코 플라스틱'이라는 이름으로 자연 분해되는 플라스틱이 개발된 것이 10년도 지난 일이니까 시간이 더 지나면 조이가 겪은 일은 더욱 희귀한 경험으로 남게 될 것이다. 이제 플라스틱은 불사의 존재가 아니다. 플라스틱도 인간과 똑같이 썩고, 소멸하고, 살아 돌아오지 못한다. '플라스틱 섬'이라는 이름도 없어질지 모른다. 플라스틱을 쓰레기로 여기는 생각도 점차 바뀌게 될 것이고, 오히려 바다에서 플라스틱을 만나면 반가워할지도 모른다. 나는 이야기를 듣고 몇 달 후, 수진에게 에코 플라스틱 자료를 보여주었다.

"와, 벌써 에코 플라스틱이 상용화됐구나. 예전에는 뉴스에서 쓰레기가 지구를 삼켜버릴 것처럼 매일 떠들더니 이런 건 왜 보도를 안 한대?"

나는 그게 언론의 속성이라고 말해주었다. 썩는 플라스틱과 썩지 않는 플라스틱에 대한 이야기를 수진과 하고 싶었다. 보여주려고 준비한 자료도 있었다. 플라스틱을 먹고 죽은 레이산앨버트로스의 사진이었다. 아마 수진도 이 사진을 알 것이다. 소설에다 앨버트로스 이야기를 넣을 생각도 했으니까. 어미가 가져다준 플라스틱 먹이를 먹고 새끼 레이산앨버트로스는 굶어 죽는다. 죽어서 썩은 앨버트로스의 소화기관에는 플라스틱 병뚜껑과 플라스틱 라이터가 고스란히 남아 있다. 극적인 대비, 썩은 것과 썩지 않은 것, 죽음과 영생, 산다는 것의 의미, 화석에서 발견한 유적에 대한 이야기를 수진과 하고 싶었다.

조이는 3일째 되는 날부터 낚시를 시작했다. 낚시랄 것도 없는 게 섬의 북쪽 해변에 거의 죽은 채 방치된 물고기를 건져 올리면 됐다. 낚시를 시작하게 된 계기는 쓰레기 사이에서 발견한 플라스틱 라이터였다. 라이터는 운 좋게도 비닐봉지에 밀폐 보관돼 있었고, 압전식 점화 장치를 누르자 몇 번 만에 불이 붙었다. 조이는 물고기를 구워 먹을 생각에 신이 나서 섬을 뛰어다녔다.

물고기는 정상이 아닌 게 분명했다. 제대로 숨을 쉬지 못하고 전기 고문을 받는 것처럼 수시로 몸을 떨었다. 조이는 날카로운 플라스틱의 모서리로 물고기 배를 갈랐다. 그 안에도 플라스틱이 들어 있었다. 플라스틱은 어디에나 있었으니 놀라울 게 없었다. 플라스틱 독소가 물고기의 지방과 근육에 쌓였겠지만, 그 물고기를 먹으면 조이의 몸속에도 독소가 축적되겠지만 그런 걸 가릴 상황이 아니었다. 수영장 벽에 붙어 있던 플라스틱을 뜯어 먹고 우울해진 돌고래의 이야기를 텔레비전에서 본 기억이 났다. 플라스틱 과다 섭취의 증상이 우울이라면 걱정할 필요가 없었다. 조이는 세상 그 누구보다도 우울한 상태였다. 더 우울해진다고 해도 허기로 인한 우울보다는 나을 것이었다.

"물고기를 구워 먹은 거야? 난 영화에서 물고기 구워

먹는 장면 보면 되게 부럽더라."

"나도 그런 로망이 있었어. 외딴섬에서 낚시한 물고기를 나무 꼬치에 꿰어 먹는 장면. 처음으로 먹은 물고기가 맛있었냐고 물어봤더니 조이가 뭐라고 했는 줄 알아?"

"맛있었겠지. 플라스틱에 중독되었든 아니든 세상 그 어떤 물고기보다, 남은 평생 먹을 물고기보다 맛있었겠지."

"맛이라는 단어를 떠올리지도 못했대."

"왜?"

"조이의 말을 그대로 옮기자면 '죽음에 대한 두려움' 때문이었대. 어떻게 죽은 물고기인지 이유를 알 수 없어 찜찜하지만, 물고기를 먹지 않으면 100퍼센트 죽는 거잖아. 안 먹고 100퍼센트 죽느냐, 위험을 무릅쓰고 살아날 수 있는 50퍼센트의 확률을 선택하느냐. 그런데 죽을 확률을 100퍼센트에서 50퍼센트로 낮추고 나니까 오히려 더 무섭더래. 물고기를 다 먹고 나서 한 시간 동안 가만히 앉아 있었대."

농담이 하나 떠오른다. 축구 감독이 경기 전 인터뷰에서 했던 말이다. "승리하기 위해서는 무조건 실수를 줄여야 합니다. 선수 한 사람이 자신의 실수를 10퍼센트씩만 줄여준다면…… 110퍼센트가 될 것이고, 그러면…… 왜

100퍼센트가 넘는 거죠?" 감독이 당황하는 모습이 텔레비전 화면에 잡혔다. 10퍼센트에다 11명을 곱했더니 당황스럽게 110퍼센트가 된 것이다. 100퍼센트가 넘는 순간 인간들은 당황한다. 100퍼센트는 모든 걸 설명해주지 못할 때도 있다. 죽을 확률이 80퍼센트라고 해도 살아날 확률이 20퍼센트라고 말할 수는 없다. 모든 경우의 수를 합한다고 무조건 100퍼센트가 되는 것도 아니다.

"이상 없대?"
수진이 호기심 어린 눈빛으로 알렉스에게 물었다.
"아직은……"
알렉스가 대답했다.
"얼마나 먹은 거지?"
"몇 마리를 먹었는지는 모르겠지만 섬에 있었던 건 열흘이었어."
"열흘이면 아주 길진 않네."
"그렇지."

나흘째부터는 물고기를 즐기기 시작했다. 죽어 있는 새를 먹은 적도 있었다. 새의 위 속에도 큼지막한 플라스틱이 가득 차 있었다. 손톱만 한 플라스틱 조각부터 아이

손바닥만 한 플라스틱 조각까지 색깔도 크기도 제각각이었다. 조이는 날카로운 플라스틱으로 새의 가죽을 벗겨내고 내장을 걷어내고 꼬치에 꿰어서 구워 먹었다. 조이는 플라스틱에 불을 붙여서 물고기와 새를 조리했다. 플라스틱은 종이 대신 쓸 수 있는 좋은 재료였다. 플라스틱을 태우면 매캐한 연기가 눈을 찔렀지만 화력은 종이보다 나았다. 조리에는 한계가 있었지만 그래도 꽤 익혀 먹을 수 있었다. 조이 주변에는 모든 것이 플라스틱이었다.

에코 플라스틱 개발 시기가 너무 늦었다고 한탄하는 사람들이 많다. 바다는 이미 오염되었고, 레이산앨버트로스를 비롯한 몇몇 새와 몇몇 거북과 몇몇 고래는 이미 멸종되었으며, 전 세계가 에코 플라스틱을 이용하기까지는 앞으로도 몇 년의 세월이 더 필요할 것이기 때문이다. 그래도 내 생각에 너무 늦은 것은 아니다.

조이가 구조될 수 있었던 것도 플라스틱 때문이었다. 플라스틱 라이터로 불을 피울 수 있었고, 플라스틱이 타면서 검은 연기를 지속적으로 내뿜었기 때문에 구조대에게 발견될 수 있었다. 섬으로 다가오는 배를 보면서 조이는 눈물을 흘렸다. 자신의 아늑한 침실 역할을 했던 구덩이 속 플라스틱들을 보았다. 거기에서 마치 자신을 배

웅하는 듯한 문장을 보았다. 미키마우스와 미니마우스가 그려진 디즈니랜드의 플라스틱 박스에 씌어진 문장이었다.

지구에서 가장 행복한 곳

조이는 그 문장을 보자 웃음이 났다. 배가 가까이 다가왔을 때, 조이는 주머니 속에 들어 있던 플라스틱 라이터를 지퍼 백에 담은 다음 바닥에 내려놓았다. 라이터 속에는 아직도 3분의 1 정도의 가스가 남아 있었다. 그럴 가능성은 제로에 가깝겠지만 누군가 플라스틱 섬에 혼자 남게 된다면 라이터가 도움이 될 것이다.

"나 같으면 기념으로 가져왔을 텐데……"
"책상 앞에 놓아두고 기적을 계속 기억하게?"
"라이터라기보다 그냥 친구 같은 느낌일 것 같아. 혼자 놓아두고 오면 너무 쓸쓸할 것 같아서."
"조이도 그런 기분이 들어서 가져오지 못한 게 아닐까? 원래 있어야 할 자리라는 기분이 들어서."
"와, 파도 다시 높아졌다."
"정말 그러네. 너 들어갈 거야?"

"난 좀 쉴래. 너는?"

"나는 다시 파이프라인으로 들어가봐야지."

"난 지켜보는 것도 좋아. 음악 들으면서 서핑하는 걸 보고 있으면 사람들이 춤추는 것 같거든."

"소설로 쓸 거야?"

"아직 잘 모르겠어. 생각을 좀 해봐야지. 헤밍웨이하고도 상의해보고."

"헤밍웨이?"

"인공지능 친구 있잖아."

"아, 소설 쓸 때 도와준다는?"

"도와준다기보다 같이 이야기를 나누는 거야. 이야기를 하다 보면 실마리가 풀릴 때가 많거든. 소설로 쓸 만한지 아닌지도 확실하게 알 수 있게 되고."

"이름은 네가 지어준 거야?"

"초기 세팅할 때 이름을 입력해야 하는데 헤밍웨이가 바로 떠오르더라고. 이름에 'way'가 들어가 있으니까 뭔가 제대로 된 길을 알려줄 것 같잖아."

"자문 상대로 딱이네. 『노인과 바다』를 쓴 분이니까 조이와 바다 이야기가 소설감으로 괜찮을지 바로 알려줄 거야."

"잘 얘기해볼게. 파도 속으로 들어가봐."

수진은 내게 알렉스의 이야기를 전하면서 큰 소리로 웃었다. 나는 그렇게 웃기지는 않았다. 헤밍웨이라는 이름을 듣고『노인과 바다』를 떠올리는 건 뭐랄까, 일차원적인 농담이라고 해야 하나, 지극히 인간적인 연상법이라고 해야 하나. 내 이름이 헤밍웨이지만『노인과 바다』는 내가 쓴 게 아니다. 수진은 몇 달 동안 시간만 나면 조이에 대한 소설 아이디어를 내게 이야기했다.

"열흘은 좀 짧은 느낌이 있지 않아? 보통 몇 달은 되어야 인간의 본성이 나올 텐데……"

"조이는 남자가 좋을까, 여자가 좋을까? 중성적인 이름이니까 이름은 조이로 해도 될 것 같지?"

"살아 있는 레이산앨버트로스가 나오면 좋을 것 같아. 플라스틱을 잔뜩 먹었기 때문에 이 녀석은 날아가질 못해. 그래서 조이와 친구가 되는 거지. 인간과 앨버트로스의 우정. 내가 찾아봤더니 앨버트로스는 먹은 걸 주기적으로 토해낸대. 그래서 다 큰 앨버트로스는 플라스틱을 먹어도 생명에 지장이 없는 거지. 앨버트로스는 계속 날지 못하다가 어느 순간 플라스틱을 모두 토해내. 그러곤 하늘로 날아오르는 거야. 조이는 앨버트로스를 멍하니 바라보고. 어때?"

"보들레르의 시로 시작하면 어떨까? 시구절 중에 이런 게 있어. '선원들은 심심풀이로 앨버트로스를 붙잡는다.' 소설의 첫 장면은 선원들이 앨버트로스를 가지고 노는 장면이야. 선원들에게 계속 시달리던 앨버트로스 모습을 보여주고, 마지막엔 앨버트로스가 내장에 있는 플라스틱을 전부 선원들의 얼굴에다 토해내는 거지. 그런 다음에 훨훨 하늘로 날아가버리는 거야. 통쾌하지 않아?"

"표류하는 이야기는 이제 유행이 지난 것 같아. 아무도 그런 거로 소설을 쓰지 않더라고. 우주 이야기를 쓰는 게 나을까?"

수진의 이야기를 열심히 들었고, 나는 매번 진지하게 의견을 이야기해주었다. 방향을 제시하진 않았지만 막다른 골목에 선 것 같으면 옆길을 슬쩍 보여주기도 했다. 여러 해 동안 함께 소설 이야기를 나누면서 수진의 상상력에 깊은 감명을 받았다. 수진은 논리적인 면이 좀 부족했지만, 뜻밖의 상황을 만들어내는 즉흥성은 뛰어났다. 각자에게 어울리는 이야기는 따로 있는 법이다. 무인도라는 설정이, 플라스틱 속에서 살아남는다는 기묘한 상황이 수진의 상상력과는 어울리지 않았던 것이다. 수진은 조이의 이야기를 버리고 곧장 다음 소설로 뛰어들었다. 요즘 수진이 가장 많이 꺼내는 소재는 히말라야에서 살아남은 사람들에 대한 이야기다. 열심히 대화하고 있지만 얼마나 관심이 지속될지는 모르겠다. 내가 보기에 수진이 완성할 만한 이야기는 아닌 것 같다.

수진이 잠에서 깨어나면 전해야 할 뉴스가 하나 있다. 오늘 아침 포털 뉴스에서 우연히 찾아낸 것이다. 엄밀하게 말하자면 우연이라는 말은 내게 어울리지 않는다. 내게 우연이라는 것은 없고, 인간들의 수사를 따라 해봤을 뿐이다. 나는 알고 싶은 키워드를 여러 개 등록해두었고, 키워드와 상관이 있는 뉴스는 모두 검토하고 있다.

#난파 #표류 #조난 #플라스틱 #플라스틱섬 #일회용라이터 #구조 #극적구조 #생존 #생존자

이런 키워드를 포함하고 있는 기사가 오늘 아침에 떴다. 기사의 제목이 모든 것을 요약하고 있었다. "플라스틱 섬에서 극적 구조됐던 생존자, 어제저녁 돌연 사망". 제목만 보고도 조이에 대한 이야기란 걸 알 수 있었다. 기사의 내용은 짤막했다. 어젯밤 조이가 죽었고, 사인을 알 수 없다는 것. 자살인지, 플라스틱 중독 때문인지, 또 다른 이유가 있는지 자세하게 알 수 없다는 것. 조이는 침대에 가지런히 누운 채 발견되었고, 유서는 없었다. 침대 밑의 메모지에는 이런 문장들이 적혀 있었다.

바다에 무언가 던진 적이 있다.
지구의 내장 속에 플라스틱이 있다.

의미가 불명확한 문장들이었다. 어떤 마음으로 쓴 것인지, 의도가 있는지, 자신의 경험을 글로 쓰기 위한 메모인지 알 길이 없었다. 두 문장은 이어진 것이 아니다. 별개의 문장이다. 두 문장이 이어지는 것이라면, 그 사이의 거리는 너무 멀다.

수진이 일어나면 조이의 사망 소식을 알려야 한다. 한 번도 그런 의문이 들었던 적이 없는데, 이번에는 약간 망설여진다. 수진에게 조이의 사망 소식을 알리지 않는 것은 어떨까, 그런 생각이 처음으로 들었다. 조이의 소식을 듣게 된다면 수진은 어떤 반응을 보일까. 포기했던 소설의 끈을 다시 붙잡게 될까. 아니면 간단한 애도로 끝날까.

수진에게 조이의 이야기는 해피 엔딩이었다. 주인공이 플라스틱 섬에서 기적적으로 살아 돌아온 이야기였다. 조이의 사망 소식을 알게 되면 해피 엔딩은 곧바로 새드 엔딩이 될 것이다. 죽음이라는 단 하나의 사건이 개입됐을 뿐인데 기쁨이 슬픔으로 바뀌게 되는 것이다. 알렉스가 게임 엔딩에 그토록 집착했던 것이 이런 이유 때문이었을까. 죽음이 이야기에 개입되는 순간 수진과 내가 나누었던 수많은 이야기는 사라지는 것일까. 플라스틱 섬에서 탈출한 조이의 기쁨을 내게 전하면서 환하게 웃던 수진의 마음이 모두 없었던 것이 되는 것일까. 인간의 삶에서 어떤 일이 벌어지든 결국 해피 엔딩과 새드 엔딩뿐인 것일까. 나는 처음으로 그런 생각을 하게 되었다.

수진에게 조이의 죽음을 알리지 않더라도 언젠가 알게 될 것이다. 어떤 방식으로든 듣게 될 것이고, 그 소식을 다시 나에게 알릴 것이다. "헤밍웨이, 조이가 죽었대." 나는 그편이 낫다고 생각했다. 내가 알려주는 것보다는 수진이 내게 알려주는 편이 낫다고 생각했다. 나는 수진을 위한 알림창에서 조이의 뉴스를 삭제했다.

알렉스로부터 전자우편이 도착했다. 수진이 서핑하는 모습을 찍은 동영상이었다. 수진은 보드 위에서 환하게 웃고 있었다. 낮은 터널 같은 파도가 머리 위로 지나갔고, 수진은 춤을 추는 것처럼 보였다. 두 팔은 위아래로 움직였고, 무릎도 리드미컬하게 움직였다. 전자우편의 본문에는 "우리는 곧 떠날 거야. 우리는 서프보드에 왁스를 칠하고 있지"라고 적혀 있었다. 비치 보이스의 노래 「Surfin'

U.S.A.」를 인용한 것이다. 알렉스도 아직까지는 조이의 죽음을 알지 못하는 모양이다. 수진은 곧 잠에서 깨어날 것이고 자신의 서핑 동영상을 보게 될 것이다.

왼

케빈 앤더슨 박사가 발표한 논문 「신은 왼손잡이다」를 읽고 기하가 그를 찾아간 것이 벌써 18개월 전의 일이다. 논문은 방사성 동위원소인 코발트60의 베타 붕괴와 성서에 등장하는 악마의 위치를 언급하며 '우주가 왼손잡이에 의해 만들어졌다'는 주장을 펼치고 있었는데, 기하가 매료된 것은 주장의 빈틈없는 논리가 아니라 케빈 앤더슨 박사의 아름다운 문장이었다. 기하는 논문을 읽으면서 눈물을 흘릴 수 있다는 것을 처음 알았다. 논문은 뜻밖에도 케빈 앤더슨 박사의 어린 시절 경험으로부터 출발했다. 왼손잡이로 태어났지만 아버지의 강력한 훈육 때문에 오른손잡이가 되었고, 오른손을 쓸 때마다 왼손에게 미안한 감정을 느꼈다는 그의 일화는, 새롭지 않았지

만 사람의 마음을 움직이는 힘이 있었다. 그의 아버지는
케빈의 왼손을 기둥에 묶은 다음, 왼손이 조금이라도 움
직이면 그 위로 얼음물을 들이부었다. 왼손은 없는 손이
었고, 쓰지 못하는 손이었고, 얼어붙어서 깨질 손이었다.
"나의 왼손으로 시계를 반대 방향으로 돌릴 것이다. 시간
을 되돌린 다음, 우주의 탄생으로 돌아가 신을 만날 것이
다. 그리고 우리는 악수를 할 것이다. 서로의 왼손으로."
케빈 앤더슨의 논문은 그렇게 끝났다. 기하는 논문을 덮
고, 케빈 앤더슨 박사가 살고 있는 덴버로 향했다.

　기하는 왼손잡이로 살아본 적이 없었다. 왼손으로 할
수 있는 일이 거의 없었다. 칼을 잡는 것도 오른손, 펜을
쥐는 것도 오른손, 도장을 찍는 것도 오른손이었다. 딱 하
나 특이한 경우가 있었는데, 바로 돈을 셀 때였다. 이상하
게 지폐를 셀 때에는 왼손이 편했다. 오른손으로 돈을 셀
때면 어색하기도 하고 금액이 제대로 맞지 않을 때가 많
았는데 왼손으로 돈을 세면 언제나 정확했다. 속도도 훨
씬 빨랐다. 친구 한 명은 기하에게 '사악한 왼손'이라는 별
명을 붙이기도 했다. 돈은 오른손이 벌고 이득을 취하는
것은 왼손이라며, 왼손이 센 돈을 오른손이 모르게 하고,
오른손이 일하는 것을 왼손이 모르게 하라는 조언을 하
기도 했다. 어째서 왼손이 그토록 돈을 잘 세게 되었는지,

기하는 이유를 알 수 없었고 짐작할 수 없었다. 케빈 앤더슨의 논문 속에 인용된 베르나르 드 클레르보의 문장을 읽는 순간, 기하의 팔에 소름이 돋았다. "우리의 영혼이 오른손에 머무는 반면, 왼손은 속세의 덧없는 재산에 의미를 둡니다." 기하 자신의 이야기였다. 살면서 즉흥적인 선택을 거의 해본 적 없는 기하였지만, 운명 앞에서 머뭇거릴 생각은 없었다. 기하가 케빈의 연구실 문을 두드렸을 때, 케빈은 현지 조사를 떠날 준비를 하고 있었다.

케빈은 기하를 10분 만에 돌려보낼 생각이었다. 자신의 연구실을 찾는 수많은 학생에게 써먹었던 고전적인 수법으로 기하의 호기심을 실망감으로 바꿔놓을 생각이었다. 곧 회의가 있고, 나는 바쁜 사람이며, 너는 중요한 사람이 아니며, 너는 내 시간을 뺏고 있으며, 지금의 대화는 완전한 낭비라는 뉘앙스를 온몸으로 전달하는 것이다. 기다란 턱수염을 만지작거리면서 상대의 턱만 계속 바라보고 있으면 눈치 빠른 학생은 절대 10분을 버티지 못한다. 쭈뼛거리다 인사를 하고 자리를 뜨게 마련이다. 5분도 지나지 않아서 케빈은 생각을 고쳐먹었다. 이런 경우는 처음이었다. 기하의 눈 속에서 싱크홀을 보았다. 지반이 허물어진 동공은 공동(空洞)이 되어 있었고, 초점은 그 어디에도 맞지 않았다. 기하는 「신은 왼손잡이다」에 대한 감상을 주로 얘기했지만 케빈은 내용보다 기하의 말하는 방식에 흥미를 느꼈다. 논문의 내용을 요약할 때는 오른손을 까딱였고, 자신의 경험에 대해서 얘기할 때는 왼손을 주로 썼다. 왼손과 오른손은 끊임없이 싸우고 있었다. 왼손이 앞서 나가려고 하면 오른손이 왼손을 가로막았고, 오른손이 뭔가 설명하려 들면 왼손이 모든 것을 망쳐놓았다. 케빈은 기하의 몸속에 들어 있는 아수라장이 마음에 들었다.

"짐을 싸고 있었네."

케빈은 연구실 한쪽에 있는 배낭을 가리키며 말했다.

"현지 조사를 가시는 건가요?"

기하가 물었다.

"보물섬으로 갈 예정이지."

"보물요?"

"반짝반짝하는 보석들이 백사장에 깔려 있거든."

"그게 어딘데요?"

"같이 갈 생각이 있나?"

"언제 출발하시는데요?"

"내일."

"며칠 계획으로 가시는지……?"

"돌아올 계획부터 짜는 사람은 보석을 보고도 알아차

리질 못해."

"좋습니다. 가겠습니다."

"후회하는 스타일은 아닌가?"

"매번 후회하는 스타일이죠. 후회한 걸 또 후회하기도
하니까, 괜찮을 겁니다."

"내일 새벽 5시에 여기로 오게."

"준비할 게 있나요?"

"현지 조사 가본 적 있나?"

"아뇨, 없습니다."

"여행이 아니니까 최대한 가볍게 짐을 싸는 게 좋을 거
야. 작은 배낭 하나에 자네의 생활 전체를 꾹꾹 욱여넣으
라고."

다음 날 케빈과 기하는 비행기를 타고 인도네시아의
바라카트 섬으로 날아갔다. 케빈은 비행기에서 속성으로
자신의 작업을 설명했다. 출발점은 '포리-레몽 가설'이었
다. 샤를로트 포리와 미셸 레몽은 2005년에 사회가 폭력
적일수록 왼손잡이의 비율이 더 높다는 조사 결과를 발
표했다. 그들이 표본으로 내놓은 사회는 뉴기니 섬 고원
지역에 사는 에이포족이었는데, 전체 주민 중 30퍼센트
가 왼손잡이였다. 세계 인구 중 왼손잡이의 비율이 8퍼센
트 이내인 걸 생각하면 분명 높은 수치였다. 몇 년 후 포

리-레몽 가설의 데이터는 거짓인 걸로 판명이 났다. 케빈은 포리-레몽 가설에서 자신의 연구를 출발시켰다고 하면서도 구체적으로 어떤 연구인지, 무엇을 조사하게 될지는 기하에게 말해주지 않았다.

케빈이 우연한 기회로 칼리와 부족을 알게 된 것은 기하를 만나기 6개월 전이었다.

"칼리와는 타갈로그어로 '왼쪽'을 뜻하는 단어야. 말 그대로 왼손잡이만 모여 사는 집단이지."

"그런 부족이 있다는 건 처음 들었습니다."

"그럴 거야. 칼리와족을 빼고 그걸 아는 사람은 지구상에 다섯 명도 안 돼. 자네도 비밀 지켜야 해. 연구가 끝나기 전까지는 칼리와족이 존재한다는 사실을 그 누구도 알아선 안 돼. 알겠지?"

"어디 가서 얘기할 곳도 없습니다."

"있으면 할 생각인가 보네?"

"네?"

"얘기할 곳이 생기면 당장이라도 가서 할 기세라고."

"그렇게 의리 없는 사람은 아닙니다."

"의리 있는 사람과 의리 없는 사람으로 나뉘어 태어나는 게 아냐. 의리란 건 머리 위로 드리워진 구름 같은 거지. 바람에 따라 이리로 저리로 뭉쳐 다니는 거야. 왼손잡

이가 오른손잡이가 되고, 오른손잡이가 왼손잡이가 되는
것처럼 말이야."

"6개월 전에 시작했다면 연구가 많이 진행됐겠네요?"

"6개월이면 아직 첫걸음도 떼지 않은 신생아나 마찬가
지야. 부족 언어를 이해하는 데만 1년 이상 걸리는 때도
많아."

두 사람의 숙소는 칼리와족이 사는 마을로부터 2백 미
터쯤 떨어진 곳에 있었다. 도시의 기준으로 보자면 형편
없는 오두막이었지만 꼭 필요한 물품들은 전부 있었다.
필요할 게 별로 없는 곳이기도 했다. 케빈, 기하, 그리고
현지 가이드를 맡은 깔라, 이렇게 세 사람이 살기에는 부
족함이 없었다. 기하는 도착하자마자 짐도 풀지 못한 채
잠이 들었고, 네 시간이 지나서야 깨어났다. 케빈과 깔라
가 두런두런 나누는 대화 때문에 잠에서 빠져나왔고, 발
목 근처를 계속 물어뜯는 벌레 덕분에 자신이 먼 곳으로
왔다는 실감이 들었다.

"이제 좀 정신이 들어?"

"죄송합니다. 저도 모르게 잠이 들었네요."

"처음엔 다 그런 법이야. 나도 모르게 뭘 자꾸 하게 되
지. 나도 모르게 자게 되고, 나도 모르게 토하게 되고, 나
도 모르게 흙탕물을 퍼먹게 되고…… 그러다 언젠가는

뭔가 하나쯤 알게 될 거야."

"앞으로 무슨 일을 해야 될까요, 저는?"

"관찰하는 거지."

"어떤 걸 중점적으로 관찰하면 될까요?"

"어떤 것도 중점적으로 보지 않는 게 시작이야. 그냥 관찰, 옆에서 지켜보는 거."

"그럼 관찰한 모든 걸 기록하면 되나요?"

"아니. 기록하지 말고 그냥 관찰만 해. 기록하면 기록이 사실처럼 보이게 되고, 사실이 아닌 것도 기록 때문에 진실인 것처럼 보이게 되거든. 일단 머릿속에 어떤 단어도 떠올리지 말고, 어떤 결론도 짓지 말고 바라보기만 해."

"네, 알겠습니다."

기하는 그때부터 관찰을 시작했다. 아무것도 떠올리지 않고 관찰만 하려고 했는데 쉽지 않았다. 여기는 칼리와족의 장소, 왼손잡이들만 사는 곳이다. 기하는 자신도 모르게 그들의 왼손을 지켜보고 있었다. 도끼를 쥘 때, 말을 할 때, 나무를 오를 때, 노를 저을 때 어떤 손을 주로 사용하는지 살폈다. 기하는 칼리와족에게 말을 걸지 않았고, 칼리와족 역시 기하를 투명 인간처럼 대했다. 4일이 지났을 때 케빈이 자고 있는 기하를 깨웠다. 땀에 흠뻑 젖은 채 병 하나를 손에 쥐고 있었다.

"일어나 봐, 내가 멋진 걸 가지고 왔어."

"뭔데요, 그게?"

"술."

케빈은 온더록스 잔 크기의 플라스틱 컵 두 개를 바닥에 놓고 술을 따랐다. 상한 과일의 시큼한 냄새가 숙소를 채웠다. 케빈은 한 번의 동작으로 깨끗하게 컵을 비웠다. 기하는 컵에 든 붉은 액체의 냄새를 한번 맡고는 바닥에 내려놓았다.

"뭘로 만든 술이에요? 태어나서 처음 맡아보는 냄새입니다."

"원주민들의 전통 방식으로 만든 술이라는데 마셔봐, 이거 진짜 끝내줘. 술이 작은 안개로 바뀌어서 몸속 세포 하나하나에 스프레이를 뿌려대는 것 같다니까."

"현지 조사를 하려면 이런 문화도 겪어봐야겠죠?"

케빈은 대답 없이 자신의 컵에다 술을 한 잔 더 따른 다음 기하를 지켜보았다. 기하는 눈을 감고 컵 속의 액체를 들이켰다. 케빈의 말처럼 축축한 기운이 몸속 구석구석에 스며들었다. 취기라기보다 각성에 가까웠다. 팔뚝 위에 누워 있던 솜털이 일제히 고개를 쳐들었다.

"그동안 뭘 봤나?"

케빈이 두번째 잔을 비운 뒤 물었다.

"눈에 보이는 걸 다 봤습니다."

기하는 아직도 몸속에 들어온 알코올에 적응하지 못하고 있었다.

"다 봤다는 건 아무것도 안 봤다는 거지."

"얘기하신 그대로 따라 했는데요."

"잘못했다는 게 아냐. 잘했어. 어설프게 보는 것보다는 아무것도 안 보는 게 나아. 내일부터는 다른 걸 보게 될 거야."

케빈은 기하의 컵에다 술을 더 따랐다.

"어떤 걸 보게 될까요?"

"보고 싶은 걸 보게 되겠지. 자네가 내일부터 할 일은 칼리와족 전체의 주도적 손을 기록하는 거야."

"주도적 손이라뇨? 여긴 다 왼손잡이들이 살고 있는 거 아닌가요?"

"그들이 어떤 손을 주로 쓰는지 자세히 봤나?"

"왼손잡이들이니까 당연히 왼손을 주로 쓰겠죠."

"아무리 당연한 것이라도 그 당연한 사실들을 기록해 두지 않으면 당황하게 되는 순간이 올 거야. 당연한 사실들은 도구의 손잡이 같은 거야. 칼을 아무리 날카롭게 갈아놓았다고 하더라도 손잡이가 없으면 그걸 휘두를 수 없지. 내일부터 우리 연구의 손잡이를 만든다는 생각으로 조사를 시작해주게."

"부족원이 몇 명 정도 될까요?"

"글쎄, 한 50명쯤 되려나?"

기하는 50명을 꼼꼼하게 살펴보려면 어느 정도의 시간이 걸릴지 생각하면서 두번째 잔의 술을 한꺼번에 들이켰다. 몸속에서 길을 찾아 나서는 알코올의 기운이 강하게 느껴졌다. 알코올은 물이 그러는 것처럼 몸의 구석구석으로 흘러들어 마른 곳들을 적셨다. 기하는 다시 쓰러져서 잠들었다.

다음 날 아침 늦게 눈을 뜬 기하의 머리맡에는 종이 뭉치가 놓여 있었다. 종이에는 다섯 개의 문항이 적혀 있었다. 얼굴, 이름, 주로 쓰는 손, 폭력성, 특이 사항. 얼굴 항목에는 커다란 네모가 그려져 있었다. 맨 앞 장에는 케빈의 메시지가 적혀 있었다. 족장을 만나고 올 테니 그동안 관찰의 시간을 보내고 있으라는 내용이었다.

기하는 서울에서 전단지 배포 아르바이트를 해본 적이 있다. 처음에는 사람들의 손만 보면서 전단지를 건넸다. 받을 리가 없었다. 시간이 지나면서 전단지를 받을 사람을 알아보는 능력이 생겼다. 받지 않을 것 같은 사람에게는 건네지 않고, 받을 것 같은 사람 앞으로 다가서서 눈을 맞추어야 일이 쉽게 끝난다는 걸 알게 되었다. 2개월

후에는 더 일찍 일을 끝내는 방법도 알게 되었다. 많은 아르바이트생이 '전단지의 무덤'이라는 곳에 가서 몰래 전단지를 버렸다. 기하 역시 그곳에 가본 적이 있다. 수많은 전단지가 각각의 모습으로 흩날리고 있었다. 어디에 가서든 절대 기죽지 말고 자신을 알려야 한다는 전단지 본분의 모습을 잃지 않고 있는 종이들이었다. 기하에게 그곳은 전단지의 무덤이 아니라 '전단지 박람회'처럼 느껴졌다. 다양한 글씨체와 형형색색의 종이들이 뒤얽혀서 각자 전해야 할 내용을 발산하고 있었다. 기하는 그곳에다 들고 있던 전단지를 뿌렸다. 기하가 들고 있던 것은 피트니스 센터를 알리는 전단지였다. 여자 모델이 트레드밀 위를 열심히 달리고 있는 사진이 한가운데 커다랗게 인쇄돼 있었고, '파격가' '세일' 같은 단어들이 붉은색의 굵은 글씨로 인쇄돼 있었다. 거대한 전단지의 무덤에서는 티가 나지도 않는 작은 죽음이었다. 돌아오는 길에 기하는 누군가를 버리고 왔다는 찜찜한 기분에 사로잡혔다. 케빈이 두고 간 종이 뭉치를 보는 순간 예전에 버렸던 전단지들이 살아 돌아온 듯했다.

기하의 임무는 부족원들의 신상을 조사하는 것이었다. 얼굴을 직접 그려 넣어야 하고, 이름을 적어야 하고, 폭력성 지수를 숫자로 표현하고, 왼손과 오른손 중에서 어느 쪽이 주도적인 손인지 밝혀내야 했다. 첫번째 난관은 얼굴 그리기였다. 어렸을 때부터 손재주가 있는 편은 아니었다. 그림을 배워본 적도 없었다. 기하는 빨래를 하고 있는 부족원들 옆에 자리를 잡고 앉아서 그림을 그리기 시작했다. 처음에는 신경도 쓰지 않던 부족원들이 기하가 그림을 그리고 있다는 사실을 알아챈 다음부터는 슬금슬금 피하기 시작했다. 사진 찍기를 꺼린다는 이야기는 많이 들어왔지만 자신의 얼굴을 그리는 것도 싫어할 줄은 몰랐다. 기하는 조금 물러서기로 했다. 숨어서 부족원들의 모습을 관찰했다.

왼손과 오른손 중 어느 쪽을 주로 쓰는지, 즉 왼손잡이인지 오른손잡이인지를 판별하는 일은 쉽게 끝날 줄 알았다. 그런데 첫번째 부족원부터 문제가 생겼다. 나무를 구하기 위해 도구를 들고 정글로 들어가는 부족원들을 보고 기하는 슬며시 웃으며 주먹을 꽉 쥐었다. 어느 쪽 손으로 칼을 드는지만 보면 될 일이었다. 부족원은 오른쪽에 장애물이 나타나면 오른손에 칼을 들고 내려쳤고, 왼쪽에 장애물이 나타나면 왼손으로 칼을 내려쳤다. 어느한쪽으로도 치우치지 않았다. 함께 있던 다른 부족원들도 마찬가지였다. 도끼로 나무를 내려치는 동작에서 어느 쪽 손을 주로 사용하는지 가늠할 수 없었다.

더 힘든 일은 부족원의 폭력성을 점수로 나타내는 것
이었다. 폭력적 성향을 가장 많이 드러내는 사람을 10으
로 두고, 1부터 10까지 다양한 점수를 매겨야 했다. 가만
히 있는 사람에게서 폭력적 성향을 간파하기란 쉬운 일
이 아니다. 괜히 가서 시비를 걸 수도 없는 일이고, 스스
로 얼마나 폭력적이라 생각하는지 인터뷰를 할 수도 없
다. 그저 한 사람의 일상을 고스란히 지켜보는 것밖에는
방법이 없었다. 그것마저도 완벽한 방법이 아니었다. 아
무리 잘 관찰한다 하더라도 아주 짧은 순간의 결정적 장
면을 놓치게 되면 하루의 수고가 물거품이 되고 만다.

다음 날 아침 기하는 여러 가지 장비를 챙겨 갔다. 남자
부족원들에게는 고추장을 담아 왔던 유리병을 건넸다.
최대한 불쌍한 표정을 지으며 다가가면 부족원들은 웃으
며 반겨주었다. 유리병은 쉽게 열리지 않도록 해두었다.
처음에는 재미있어하던 부족원들이 점점 열을 받고 있다
는 걸 표정만 봐도 알 수 있었다. 기하는 부족원들의 얼굴
과 표정, 유리병을 잡을 때 어떤 손을 주로 쓰는지 모두
외웠다. 부족원 중 한 명이 간신히 유리병 뚜껑을 열면,
기하는 사람들이 보이지 않는 곳으로 가서 재빨리 외운
것을 종이에 적었다. 기하가 가장 짜릿했던 순간은, 유리
병이 잘 열리지 않는다면서 들고 있던 칼로 유리병의 입

구를 내리치려던 부족원의 눈빛을 보았을 때였다. 기하는 그 부족원의 보고서에다 '폭력성 10'이라고 적었다. 근거가 부족한 평가였지만 그때의 기하는 다급했고, 어떻게 해서든 결과를 만들어내고 싶었다.

여자 부족원과 아이들에게는 작은 테니스공을 가지고 갔다. 일을 하거나 놀고 있는 부족원들에게 테니스공을 슬쩍 흘린 다음 공을 던져달라는 시늉을 했다. 어떤 손으로 공을 되돌려주는지 기하는 종이에 적었다. 어떤 손으로 땅에 떨어진 공을 줍고, 어떤 손으로 공을 던지는지, 언더핸드로 던지는지 오버핸드로 던지는지 모두 기록했다.

해변에서 결투를 벌이고 있는 두 사람을 엿볼 때 중요한 일이 일어났다. 두 사람은 칼을 들고 상대를 겨눈 채 빙글빙글 돌고 있었다. 기하는 두 사람을 말리려다 곧장 몸을 숨겼다. 케빈의 말이 생각났기 때문이다.

"부족원들에게 어떤 일이 생기든 절대 개입하지 않는다."

기하는 몸을 숨기면서 펜과 종이를 꺼냈다. 두 사람의 근처에 물고기들이 쌓여 있는 걸로 봐서 포획한 물고기의 쟁탈전인 듯했다. 기하는 대화를 알아들을 수 없다는 것이 답답했지만 자신의 직관을 믿기로 했다. 기하는 두 사람의 결투를 보면서 손끝 하나 움직일 수가 없었다. 키가 크고 기골이 장대한 부족원은 오른손으로 칼을 쥐었고, 상대적으로 작고 왜소해 보이는 부족원은 왼손으로 칼을 쥐었다. 오른손과 왼손의 싸움이었으니 희귀한 광경일 수밖에 없었다. 지금까지 기하가 조사한 남자 부족원 중에는 오른손잡이가 없었다.

결투는 긴장감 속에 진행되었다. 오른손잡이가 슬쩍 찌르면 왼손잡이가 피하며 반격했다. 오른손잡이가 키가 크고 팔이 긴데도 고전하고 있었다. 왼손잡이는 빨랐고, 불규칙적으로 움직였으며, 오른손잡이의 오른쪽으로 재빠르게 돌면서 시야에서 자주 사라지곤 했다. 시간이 지날수록 승부는 왼손잡이 쪽으로 기울고 있었다. 기하는 싸움을 지켜보던 당시에는 생각할 겨를이 없었지만, 칼리와 부족을 떠나 집으로 돌아왔을 때 결투의 의미를 생각해볼 수 있었다. 어쩌면 그 결투는 칼리와 부족의 비밀을 가득 담고 있는 것인지도 몰랐다. 기하는 폭신한 침대 위에서 자신만의 가설을 세웠다. 처음에는 오른손잡이와 왼손잡이가 함께 있었을 것이다. 칼리와 부족이라고는 해도 오른손잡이들을 완전히 제거할 수는 없었을 것이고, 어쩌면 한동안 사이좋게 잘 지냈는지도 모른다. 그러다 결투가 벌어졌고 오른손잡이들이 한 명 두 명 사라지게 된 것이다. 왼손잡이들은 싸움에 능했고 오른손잡이들을 당황하게 할 수 있는 기교를 지녔다. 누군가의 가설대로 왼손잡이들이 훨씬 폭력적이라면 승부는 더욱 쉽게 결정 났을 것이다. 자신이 목격했던 대결은, 어쩌면 마지막 오른손잡이의 눈물 나는 사투였는지도 모른다. 그렇게 생각하니 자신이 엄청난 광경을 목격했다는 생각이 들었다.

오른손잡이 역시 쉽게 당하지는 않았다. 오른손잡이는 긴 팔을 이용해 왼손잡이의 동선을 좁게 만들었다. 두 사람 모두 사력을 다해 싸웠다. 오른손잡이가 칼을 움켜쥐고 공격하려는 순간 왼손잡이의 칼등이 오른손잡이의 손을 쳤고, 오른손잡이가 칼을 놓치는 순간, 마을 쪽에서 나팔 소리가 들려왔다. 결투를 벌이던 두 사람 모두 바다를 바라봤다. 시커먼 구름과 짙은 안개가 사나운 동물의 얼굴로 땅을 향해 돌진하고 있었다. 하이에나 혹은 표범의 얼굴이었다. 두 남자는 결투를 중단하고 물고기도 내팽개친 채 마을 쪽으로 달리기 시작했다. 기하는 떨어진 물고기를 주워서 그들의 뒤를 따라갔다.

동굴에는 이미 부족원들 대부분이 모여 있었다. 태풍을 대비한 장소여서 한쪽에는 육포 같은 비상식량이 쌓여 있었고, 불을 피울 수 있는 도구들도 있었다. 조금 전까지 결투를 벌이던 두 남자는 무리 속으로 들어가 가족과 합류했다. 기하는 들고 온 물고기를 남자들에게 건네려다 모닥불 근처에 두었다. 기하가 동굴로 들어온 지 몇 분 되지 않아 비가 쏟아지기 시작했다.

"어때, 할 만해?"

동굴 안쪽에서 케빈의 목소리가 들렸다. 케빈은 가이드 깔라, 부족장과 함께 앉아서 육포를 뜯고 있었다. 부족장은 하얀 천을 뒤집어쓰고 있었는데, 가까이 가보니 뒤에 한 사람이 더 있었다. 그는 작은 유리 조각으로 부족장의 머리카락을 조금씩 잘라내고 있었다. 잘라낸다기보다 유리로 끊어낸다고 표현할 만한 행동이었다. 어느 쪽을 작업하든 늘 왼손으로 유리를 쥐고 있었다.

"아직 제대로 시작도 하지 않았는데 이런 일이 생기네요."

기하가 앉으면서 말했다.

"어떤 일?"

"태풍이요."

"이 사람들한테는 일상이야. 여기 사람들을 봐, 다들 웃고 있잖아. 기하한테는 오히려 더 좋은 기회야. 사람들이 이렇게 한꺼번에 모이기가 쉬운 줄 알아?"

기하는 한쪽 구석에 앉아서 사람들을 관찰하기 시작했

다. 케빈과 부족장과 깔라는 계속 어떤 이야기를 주고받
으면서 낄낄대고 있었다. 유리 조각으로 머리카락을 끊
어내던 남자도 함께 웃었다. 기하는 웃음소리가 마음에
들지 않았다. 마치 자신을 비웃는 것처럼 들렸다.

낄낄낄, 관찰이라니, 저놈 자기가 무슨 일을 하는지도
모르고, 보라는 건 못 보고 볼 필요가 없는 것들만 보네.
이런 소리를 하는 것처럼 들렸다. 기하는 케빈에게 다가
섰다. 케빈은 들고 있던 육포 조각 하나를 기하에게 건넸
다. 기하는 육포를 들고 뜯었다. 어떤 고기인지 물어보려
다 그만두었다.

"내 논문을 꼼꼼하게 읽었으니까 그 정도는 알겠군. 오
랑우탄의 왼손잡이 비율이 얼마지?"

케빈이 기하에게 물었다.

"66퍼센트입니다."

기하가 육포를 뜯어 먹으면서 말했다.

"캥거루의 왼발잡이 비율은?"

"95퍼센트."

"음, 칼리와에 데리고 오길 잘했네. 그럼 지금 자네가
먹고 있는 육포는 뭘로 만든 거 같나?"

기하는 육포를 씹다가 동작을 멈추었다. 오랑우탄과
캥거루가 눈앞에 나타났다가 사라졌다.

"소 아닐까요?"

"소로 만든 육포였으면 내가 물어봤을 리가 없지."

"설마 오랑우탄이나 캥거루로 만든 겁니까?"

"왜? 오랑우탄 알레르기 같은 거 있나?"

"오랑우탄을 육포로 만든다는 얘긴 들어본 적이 없습니다."

"왜 안 되는데? 인간과 닮아서?"

"상식적으로……"

"세상에 상식 같은 거 쓸모없어. 칼리와 부족의 존재를 상식으로 설명할 수 있겠어? 상식 같은 공동의 생각은 고인 물 같은 거야. 시간이 지나면 부유물로 혼탁해지고, 결국에는 썩게 되고, 세상에 악취만 더할 뿐이지."

"상식도 어떤 역할을 하겠죠."

"그래, 역할이 있긴 하지. 악당이 강해야 슈퍼 히어로들의 활약이 더욱 빛나는 법이니까."

기하는 씹고 있던 육포를 손에다 뱉었다. 오랑우탄의 고기라고 생각하니 더는 씹어 삼킬 수가 없었다.

"그냥 계속 씹어. 멧돼지 고기니까. 멧돼지들의 왼발잡이 비율이 얼마나 되는 줄 아나?"

케빈의 질문이 기하에게 닿기도 전에 노랫소리가 동굴에 가득 찼다. 해변에서 싸움을 벌이던 키 작은 남자가 노래를 시작하자 남자 부족원들이 일제히 따라 불렀다. 누군가 작은 북으로 리듬을 맞추었고 몇 명은 일어나서 춤을 추기 시작했다. 노랫소리는 동굴 밖의 빗소리와 경쟁하듯 커지고 있었다.

"바람의 신에게 바치는 노래라네. 자신들을 하늘로 날아오르게 하되 내팽개치지는 말라는 내용이래."

케빈은 깔라의 통역을 기하에게 전했다. 동굴 밖에서는 천둥과 번개가 세상을 뒤덮었는데 칼리와족 사람들은 모두 웃으면서 춤을 추고 있었다.

"춤을 출 때 사람들이 어느 쪽으로 도는지 봐."

케빈이 기하에게 작은 목소리로 말했다. 모두 왼쪽으로, 시계 반대 방향으로 돌고 있었다. 한 명의 예외도 없었다.

"어떤 의미가 있나요?"

기하가 물었다.

"그 의미를 찾는 게 우리가 할 일이야."

케빈은 일어나서 함께 춤을 추었다. 북소리에 자신의 몸을 맡긴 채 눈을 감았다. 춤의 세세한 동작은 따라 하지 못했지만 왼쪽으로 도는 동작만큼은 비슷하게 해내고 있었다. 칼리와족 사람들이 케빈에게 박수를 쳐주었다. 케빈의 회전 속도는 점점 빨라지고 있었다.

다음 날 아침 비는 그쳤고 태풍의 기세도 잠잠해졌다. 모닥불 옆에서 잠이 들었던 기하는 사람들이 웅성거리는 소리에 깨어났다. 케빈과 깔라가 당황한 얼굴로 동굴에 들어왔다.

"간밤에 부족민 한 명이 죽었다는군."

"어디서요?"

"어디서가 중요한 게 아니야. 이 사람들의 풍습상 누군가 한 사람이 죽으면 오랫동안 오두막 밖으로 나오지 않아. 그 말은, 우리 연구를 일단 여기서 멈추고 나중에 다시 와야 한다는 거지."

"장례 같은 걸 치르지 않을까요? 그걸 관찰하는 것도 좋을 것 같은데요."

"장례 절차는 간단해. 대신 그 뒤가 길지. 장례가 끝나자마자 사람들이 전부 사라지거든."

"어디로요?"

"각자 집으로 가는 거야. 망자를 배려하는 거지. 하늘로 올라가기 전에 자신이 살았던 곳을 한번 돌아볼 수 있게 해주는 거야."

"집으로 들어가면 얼마나 오래 있는데요?"

"9일."

"9일 동안 아무도 나오지 않는다고요?"

"밖으로 나왔다가 혹여 망자와 눈이 마주치면 영혼을 도둑맞는다고 생각해."

"9일이 어떤 의미가 있는 건가요?"

"이 사람들에게 10 이상의 숫자는 의미가 없어. 9가 자신들이 배려할 수 있는 최대치인 거지."

케빈과 기하는 이야기를 나누면서 장례가 치러지는 바닷가로 향했다. 바닷가에 불을 피우고 장례를 치른 다음 9일이 지나면 뗏목에 시체를 실어 바다로 떠내려 보낸다. 기하는 죽은 사람의 얼굴을 보다가 속으로 비명을 질렀다.

"케빈, 어제 제가 중요한 걸 본 것 같아요."

기하는 떨면서 말했다.

"중요한 거라니?"

케빈이 물었다.

"저 사람이 누군가와 결투를 벌이고 있었어요."

"언제?"

"태풍이 닥치기 직전에요. 나팔 소리가 들려서 동굴로 돌아갔거든요. 그때 결투를 멈춘 줄 알았는데, 끝난 게 아니었나 보네요."

"확실해?"

"확실합니다. 꼼꼼하게 관찰하고 기록하고 있었으니

까요."

"누구랑 대결을 벌였는지도 알겠군."

"네, 물론이죠."

"하지만 그 일이 살인을 저질렀다는 증거가 될 수는 없지."

"원인으로 충분하죠."

"그런 원인이야 수십 개도 넘지."

"또 어떤 원인이 있는데요?"

"주위를 둘러봐. 맹수들의 습격 때문일 수도 있고, 자연 그 자체가 범인일 수도 있고, 기하와 내가 원인이 될 수도 있고."

"우리가 원인이라고요?"

"당연하지 않겠어? 수백 년 동안 자신들끼리 살아가던 종족이라면 마을 한복판에 우리가 입던 티셔츠를 던져놓기만 해도 이 사람들을 몰살시킬 수 있어. 무척 강한 사람들 같지만 바이러스에는 엄청나게 취약한 사람들이지. 실험실 속의 쥐 같달까."

"그런데 아니잖아요."

"뭐가 아니야?"

"칼리와 부족은 자신들끼리만 살던 종족도 아니고, 이미 방문객들이 있었으니 내성도 생겼을 거고요."

"그렇게 생각해버리고 말면 세상은 참 살기 쉬워지지.

누굴 배려할 필요도 없고."

케빈과 기하가 이야기하는 동안 장례가 시작되었다. 기하는 휴대전화를 꺼내서 장례식 풍경을 몰래 찍었다. 부족민들은 시신 주위를 시계 반대 방향으로 돌면서 들고 있던 돌멩이를 하나씩 던졌다. 사람들은 원을 한 바퀴 돌 때마다 시신에서 조금씩 멀어졌고, 돌멩이 하나씩을 더 던졌다. 누군가 북을 두드렸지만 노래를 부르는 사람은 없었다. 딱 한 사람만 소리 내어 울었다. 죽은 남자의 어머니였다. 어머니는 가까이 가지도 못하고 멀어지지도 못한 채 같은 자리에서 줄곧 울고 있었다. 시신으로부터 점점 멀어지던 사람들은 자신들의 오두막으로 들어갔고, 부족장과 어머니만 남게 되었다. 부족장은 장례를 진행하면서 큰 소리로 말들을 내뱉었다. 기하는 한참 후에야 부족장이 읊은 말의 내용을 알 수 있었다. 기하의 첫번째 현지 조사는 열흘도 채우지 못하고 끝이 나고 만 것이다.

덴버로 돌아오는 비행기에서 기하는 내내 잠들어 있었다. 눈을 부릅뜨고 옆에 앉아 있는 케빈에게 물어보고 싶은 것이 많았는데, 도저히 그럴 수 없었다. 아무것도 한 게 없는데 어쩐지 실패했다는 생각이 들었고, 바닷가에서 두 남자가 결투를 벌이던 장면이 눈앞에서 지워지지 않았다. 결투를 뜯어말려야 했다거나 죽은 남자를 누군가 살해했을지 모른다는 증언을 하지 못했다는 자괴감 때문은 아니었다. 그저 지워지지 않는 영상이었고, 그 영상에는 어떤 메시지도 없었다. 끊임없이 눈앞에서 재생될 뿐이었다. 케빈의 말처럼 '그 의미를 찾는 게' 자신이 해야 할 일이라고, 기하는 생각했다.

케빈과 간단한 작별 인사를 한 다음 다시 비행기를 타고 디트로이트에 있는 집으로 돌아온 기하는 곧바로 잠이 들었다. 그날 집에서 잠이 든 이후로 지금까지 계속 자고 있다는 느낌이 들 정도로 깊은 잠이었다. 기하는 가끔 칼리와 부족을 만나고 온 9일 정도의 시간이 꿈이 아닌가 생각했다. 꿈이 아닌 게 분명했지만 꿈이 아니란 사실을 증명할 수 있는 물건도 없었다. 부족민들의 손길이 닿은 것이라곤 테니스공뿐이었다. 고추장을 담았던 병, 그러니까 부족민들이 뚜껑을 열기 위해 애썼던 그 병은 태풍이 왔을 때 박살 나고 말았다. 부족민들의 얼굴을 그린 종이들은 모두 케빈에게 주었다. 서랍을 열자 테니스공이 이리저리 움직였다.

섬에서 돌아온 후 기하는 이상한 행동을 하기 시작했다. 어떤 일을 하려고 할 때 오른손보다 왼손이 먼저 반응했다. 처음으로 자신이 이상하다고 느낀 것은 친구와 함께 포크커틀릿을 먹을 때였다. 왼손으로 칼을 쥐고 있는 자신의 모습을 깨닫고는 오른손에 든 포크를 떨어뜨릴 정도로 놀랐다. 그것뿐이 아니었다. 잘 쓸 수 없으면서도 연필 역시 왼손으로 쥐었고, 책장을 넘길 때는 오른손보다 왼손이 편했다. 돈을 세는 것은 당연히 왼손이었다. 몸속 어딘가에 내장되어 있는 축이 반대 방향으로 움직이는 모양이었다.

칼리와 부족과 보낸 며칠의 기억은 대학원 선배 루스와 잡담을 나누다 우연히 되살아났다. 루스는 다양한 소수민족의 민담과 전설을 연구하고 있었는데, 인도네시아와 관련된 이야기를 하다 케빈이라는 이름을 꺼낸 것이다. 기하는 케빈이라는 이름을 듣자마자 그의 턱수염과 사람을 조롱하는 듯한 특유의 미소가 떠올랐다. 바로 어제 본 사람처럼 눈앞에 그려졌다.

"전에 얘기한 적 있던가? 케빈이랑 같이 현지 조사를 다녀온 적 있다고."

"뭐야, 정말? 네가 그 사람이랑? 말도 안 돼."

"그게 왜? 케빈이 너무 유명한 사람이라서?"

"아니, 그 사람이 누구랑 같이 현지 조사를 했다는 얘기는 처음 들어. 둘이서 대체 어딜 갔는데?"

"선배만 알고 있어야 돼. 칼리와 부족이라고 인도네시아……"

"칼리와 부족?"

"칼리와 부족을 알아?"

"너 요즘 논문 쓰느라 세상 돌아가는 일에는 하나도 관심이 없구나."

루스는 휴대전화로 뭔가 검색하더니 기사 하나를 기하의 눈앞에 내밀었다. "원시 부족 학살한 사냥꾼들, 정당방위 주장"이라는 제목 아래 헌팅캡을 쓰고 총을 든 남자의 사진이 실려 있었다. 지난달 인도네시아의 한 섬에서 사냥꾼들이 우연히 마주친 한 부족과 전투를 벌였고, 전투 중 부족민 다섯 명이 목숨을 잃었다는 기사였다.

사냥꾼들은 인근 마을 술집에서 자신들의 무용담을 떠벌리다 주민의 신고로 출동한 경찰에 의해 검거된 것으로 알려졌다.

기하는 손을 떨면서 기사를 읽었다.

학살을 당한 원시 부족은 '칼리와 부족'으로, 수백 년 동안 외부와의 접촉을 피하고 자신들만의 문화를 이루며 살아왔던 것으로 알려졌다.

기사 어디에도 왼손잡이에 대한 내용은 없었다.

　사냥꾼 A씨는 '우리가 죽이지 않았다면 야만족들에 의해 우리 모두 죽임을 당했을 것'이라며 '살 수 있는 유일한 방법을 선택한 것이니 선처를 베풀어달라'는 말을 전했다.

기하는 사냥꾼이 거짓말을 하고 있단 걸 알 수 있었다.

　원시 부족에 대한 정부의 지원은 해마다 줄어들고 있으며, 이러한 무관심이 학살자들의 폭력을 부추기고 있다고 전문가들은 말했다.

"내가 좀 조사해봤는데……"
루스가 기하의 눈치를 보다 입을 열었다.
"칼리와 부족에 대한 기사가 하나 더 있더라고. 거의 알려지지 않은 사건인데, 60년 전쯤에 바라카트 섬을 관광 특구로 만들기 위한 시도가 있었어. 호텔과 카지노가 들어설 자리에는 여러 부족이 살고 있었는데, 부족들의 분쟁을 해결한다는 명목으로 군대가 투입됐어. 당연히 개발업자와 군대가 손을 잡은 거였겠지? 군대는 부족들을 섬의 귀퉁이로 몰아갔고, 좁은 땅으로 몰린 부족들의 분쟁은 점점 더 심해질 수밖에 없었어. 그때 한 부족이 일방적으로 학살을 당했는데 사건의 전말은 알 수 없지만 다른 부족과 군대가 힘을 합친 것 같아. 그때 간신히 살아남은 몇 명이 칼리와 부족이고, 그 후로는 어디서 몇 명이 살고 있는지 전혀 알려진 바가 없었어. 이번 사건이 터지기 전까지는 말이야. 칼리와는 타갈로그어로 '왼쪽'이라는 뜻인데, 섬의 가장 왼쪽에서 살고 있었기 때문에 그런 이름이 붙은 거래."

기하는 루스의 설명을 들으면서 아무런 반응을 보일 수가 없었다. 자신이 겪은 일들과 들은 이야기와 새로운 정보들이 머릿속에서 뒤죽박죽으로 섞이고 있었다.

"아냐."

기하가 간신히 입을 열었다.

"뭐가 아냐?"

루스가 되물었다.

"칼리와 부족의 이름은 그런 뜻이 아니라고."

기하는 케빈과 함께 바라카트 섬에서 겪은 일들을 루스에게 이야기해주었다. 사건이라고 할 만한 일은 거의 없었기 때문에 자신이 관찰한 사람들의 생활에 대해 주로 이야기했다. 그리고 돌아오기 전 이틀에 대해서는 상세하게 설명했다. 자신이 본 결투 장면과 태풍 속 동굴에서의 풍경과 한 사람이 죽은 후 장례식의 과정까지. 이야기를 다 듣고 난 루스가 턱을 괸 채 기하를 바라보았다.

"믿지 못할 이야기지?"

"세상에 믿지 못할 이야기가 어디 있어. 우리 구호 몰라? '아무리 낯선 행동이어도 이유가 있는 법이다. 우리는 언제나 관찰과 조사로 해답을 얻을 수 있다.'"

"선배 얘기를 듣고 나니까 어쩌면 60년 전 학살의 이유도 왼손잡이와 관련이 있을 수도 있겠다."

"그럴 수 있지. 우등한 인종에는 왼손잡이가 전혀 없다는 게 정설이었으니까. 네가 목격했다는 그 결투 말이야. 다음 날 죽은 사람이 오른손잡이였댔지? 오른손잡이가 거기 왜 있었을까? 왼손잡이의 부족에 말이야."

"태어나면서 결정할 수 있는 게 아니니까."

"하긴. 오른손잡이로 태어났는데 왼손잡이의 부족원이 되어야 한다면, 그것도 괴로운 일이네."

"괴롭기만 하겠어? 목숨이 걸린 일이지. 내 추측인데 말이야, 그 남자는 오른손잡이였지만 어릴 때부터 왼손잡이로 교육을 받았을 거야. 부모가 제일 먼저 알았을 테니 아들이 오른손잡이라는 이유만으로 죽임을 당하는 걸 원치 않았겠지."

"그럴듯해. 결투의 순간에는 자신도 살아야 하니까 오른손으로 칼을 쥔 걸 테고. 케빈이 쓴 논문 제목이 뭐랬지?"

"신은 왼손잡이다."

"그런 논문을 쓴 사람이 왼손잡이들의 폭력성을 연구하러 갔다는 게 좀 말이 안 되네. 신의 폭력성을 밝히겠다는 건가?"

"죽은 남자에 대한 내 가설이 맞다면 그 부족에는 오른손잡이가 더 있을 거야, 그렇지?"

"그렇겠지."

"케빈은 도대체 거길 왜 간 거지?"

두 사람의 생각은 거기서 막혀버렸다. 케빈은 어째서 난생처음 보는 기하를 현지 조사에 데리고 간 것인지, 기하가 가기 전에는 어떤 일들이 벌어지고 있었는지, 케빈이 진짜 연구하고 싶었던 것은 무엇인지, 답을 알아낼 길이 없었다. 케빈은 안부를 묻는 기하의 메일에도 답을 하지 않고 있었다.

"장례 장면 촬영했다고 했지?"

"촬영은 했는데 무슨 말인지 알아들을 수가 없어."

"답을 알 만한 친구가 있어. 언어 계통이 비슷하면 대충의 뜻은 알아낼 수 있을 거야."

루스는 기하가 촬영한 동영상을 친구에게 메일로 보냈

다. 전화를 걸어 빨리 확인해달라는 부탁도 했다. 두 사람은 구내식당에 앉아서 답을 기다렸다. 기하는 왼손으로 커피우유를 집어 들다가 자신의 손을 바라보았다. 커피우유를 오른손으로 옮겨보았다. 이제는 오른쪽 손이 더 어색한 손이 되었다. 기하의 건너편 벽에는 커다란 거울이 달려 있었다. 거울 속의 자신은 왼손으로 커피우유를 들고 있었다.

"왔다."

루스가 메일을 열고 그 안에 적힌 내용을 읽어주었다.

"영혼은 이제 바다로 간다. 증발하였다가 다시 비로 내린다. 영원히 그 속에 머문다. 바다의 영혼이 되어 우리를 악마로부터 지킨다. 우리는 학살을 지켜본다. 우리는 날카로운 창을 방패로 막는다. 우리는 아프지만 상처를 입지 않는다. 우리의 심장은 왼쪽에 있다. 우리의 왼손은 심장을 뚫으려는 악마와 싸운다. 신은 승리한 우리에게 악수를 건넨다. 우리는 왼손으로 시계를 왼쪽으로 돌린다. 시간은 되돌아가고, 우주의 탄생으로 돌아가 신과 악수한다. 왼손과 왼손으로. 영혼은 이제 바다로 가서 신을 만난다. 영혼과 신은 악수를 나눈다."

"케빈 논문하고 똑같네."

"그래?"

"응, 거의 비슷해."

기하는 자신의 휴대전화로는 동영상을 재생하고, 루스의 휴대전화로는 메일함을 열었다. 족장의 목소리가 어떤 부분을 말하고 있는지 알 수 없었지만, 내용을 알고 영상을 보니 느낌이 다를 수밖에 없었다. 신비로움보다는 슬픔이 짙게 느껴졌다. 영상을 네 번 보고 난 둘은 의자를 뒤로 젖히고 몸을 기댄 채 서로를 바라보았다.

"너 왼손잡이야?"

루스가 물었다.

"아니."

기하가 대답했다.

"왼손 줘봐, 어떤 느낌인지 보게."

기하가 왼손을 내밀어 루스의 왼손과 악수했다. 한 번도 겪어보지 못했던 감각이 두 사람의 뇌에 도달했다. 두 사람은 왼손을 흔들었다.

"어떤 기분이야?"

루스가 물었다.

"새로운 길로 처음 가보는 기분?"

기하가 대답했다.

"나는 책을 거꾸로 읽는 기분이야. 마지막 페이지부터 읽기 시작해서 첫 페이지로 오는 것 같아."

"거꾸로 쓰는 문장 같기도 하고."

"물구나무를 서는 것 같기도 한데, 새롭네."

"집에 지하실 있어?"

"있어."

"한 번도 가보지 않았던 지하실로 내려가서 플래시를 켜고 물건 위에 쌓인 먼지를 털어내는 기분이야."

"뭔지 알겠다. 무서운데 궁금하고."

"아무것도 없는데, 뭔가 있을 것 같고."

"버려둔 게 아니라 몰랐던 거지, 그런 지하실이 있다는 걸."

"역시 언제 어디서든 관찰과 조사가 필요해."

"다시 가보고 싶은 생각 없어?"

"있어. 같이 갈 생각 있어?"

"답이 궁금해."

"답을 찾을 수 있을까?"

"답은 늘 있는데, 우리가 놓치는 걸 거야. 아니면 무시하거나."

"좋아, 내가 계획 잡아볼게. 그런데 언제까지 악수하고 있어야 돼?"

"조금만 더 잡고 있어보자. 기분 좋다."

루스와 기하는 손을 놓지 않았다. 계속 악수했다. 세지도 않고 약하지도 않게 식물이 식물을 껴안는 것처럼 부러진 것을 보듬어 안을 때처럼 깨지기 쉬운 것을 받쳐줄 때처럼 호의와 호의가 만날 때처럼 왼쪽의 커튼과 오른쪽의 커튼이 슬며시 엇갈릴 때처럼 손을 놓치지는 않되 상대방이 아프지는 않게, 오랫동안 악수했다.

차오

여기서 좌회전인가?

아니, 두 블록 더 가서 좌회전.

난 매번 이 길이 헷갈리더라. 길이 전부 비슷비슷해.

중앙집권형 도시 설계의 비극이라 아니 할 수 없지.

말투가 왜 그래?

이런 말투 매력 있다며. 그래서 바꿔봤지.

내가 매력 있다고 그랬어?

응, 라디오 듣다가 그랬어.

그럼 취소. 그런 말투 별로야. 고등학교 때 나 괴롭히던
선생이 그런 식으로 말했지. 수업 시간만 되면 머리가 지
끈지끈 아팠어.

어떤 식인데?

뻥 뚫린 고속도로 놓아두고 샛길로 빠지는 스타일.

비유와 은유와 수사가 난무하는 스타일이구나?

그러다가 나중에는 자기가 한 말로 본질을 덮어버리고. 자기가 몹시 재치 있는 사람인 줄 알아.

가끔씩 샛길에서 울퉁불퉁 몸이 붕붕 떠오르면서 정신 못 차리는 것도 재미있지 않아?

그런 건 1년에 한 번쯤이면 좋지. 난 고속도로 스타일이야. 잘 닦아놓은 반짝반짝 직선 도로가 좋아.

좋아, 앞으로는 나도 고속도로 같은 솔직한 모습을 보여주도록 하지.

좋으면서도 어쩐지 겁나네.

겁낼 것까지는 없고.

여기 교외 길 참 좋다. 차가운 바람도 좋고, 햇볕도 좋고. 총으로 빵, 빵, 빵, 쏴주고 싶은 태양도 좋고.

저렇게 동그랗게 선명해 보여도 절대 맞힐 수 없는 과녁이지.

날씨도 좋은데 음악 들을까?

뭐 들을래?

아무거나.

드라이브 중이니까 더 카스의 「Drive」 어때?

너무 도식적인 선곡 아니야?

아무거나 좋다더니?

아무거나 좋다,라고 말할 때는 혼란스러운 마음의 상태를 상대방이 알아주길 바라는 거고, 상대방이 절묘한 선택을 해주길 기대하는 거야.

복잡하네.

바틀비의 영혼을 담는 거지. 나는 선택하지 않는 쪽을 선택하겠습니다. 나는 선택하지 않음으로써 당신의 선택이 주는 행운을 기대하겠습니다.

아, 허먼 멜빌까지 가시겠다? 너무 멀리 돌아가는 거 아냐? 아까는 고속도로 스타일이라더니.

음악 듣지 말고 얘기나 하자. 그 선생이 했던 말 중에 계속 기억나는 게 있어.

너, 전화 왔어.

아이씨, 정말, 소장님은 퇴근 후에 전화 안 하기로 해놓구선 오늘도 어김이 없으시네.

오늘도 어김이 없다면, 아마 네가 받을 때까지 계속 전화기를 붙들고 있을 거야.

당연히 그렇겠지, 이 지긋지긋한 인간 같으니라고. 스피커폰으로 받을게.

야, 차시한 어디야?

어디긴요. 힘차게 퇴근하고 있는 길이죠.

어…… 요새 왜 그렇게 시간 정확하게 딱딱딱 맞게,
어딜 가는 거야?

어떤 게 중요 질문이에요? 정시 퇴근의 이유가 궁금한 거
예요, 아니면 어딜 가는지가 궁금한 거예요?

어…… 그러면 어딜 가는데?

주말에 별장에서 좀 쉬고 오려고 제시간에 나왔어요. 무
슨 일인데요?

기분 나쁜 전화가 걸려왔어, 회사로.

자세하게 말해보세요.

흠…… 전화로 너를 찾았어. 차시한 씨하고 통화할 수
있냐고 물을 때는 아주아주 조용하더니, 네가 없다고
하니까, 갑자기 미친 사람처럼 소리를 질러대는 거
야. "차시한 거기 있는 거 다 알아, 이 개새끼들아" 그
러는데 전화기가 터지는 줄 알았다.

소장님, 그런 전화 하루 이틀 받는 거 아니잖아요.

그렇긴 한데, 마지막에 좀 섬뜩한 소리를 하더라고.

무슨 소리요?

이런 얘기는 원래 전하면 안 되는 건데, 우리 원칙이
그렇잖아? 모든 것은 정확하게, 일부러 부풀리지 말
고, 과소평가하지도 말고, 그런데, 갑자기 너무 차분
하게 말하는 바람에 무서웠어.

그냥 이야기하세요.

　　"차시한 위험성 평가 위원님이 위험해졌을 때 자신의

　　상황에는 어떤 평가를 내릴까 궁금해지네요."

그렇게 말했다고요?

　　어…… 응, 뭔가 섬뜩하지 않냐?

그렇긴 한데…… 신경 쓰지 마세요.

　　어……떻게 신경을 안 쓰냐.

신경 쓴다고 달라질 것도 없어요.

　　조심하라고 얘기하는 거야.

그 사람 말도 맞죠, 뭐. 건물 위험성 평가만 할 게 아니라

제가 얼마나 위험한 상황에 처해 있는지 그걸 똑바로 알

고 있어야겠네요.

　　사람들은 우리가 맨날 로비나 받고 뒷돈이나 챙기는

　　줄 알지, 이런 협박들을 모닝콜 삼아서 눈 뜨는지는

　　아무도 모를 거다.

소장님도 이런 전화 많이 받았어요?

　　어…… 받았지. 3년 전에 오명 지구 재개발할 때

　　27층 건물 평가한 적 있잖아. 내가 쓴 위험성 평가 리

　　포트 때문에 좀 시끄러웠지.

그건 저도 봤죠. 소장님이 정확했잖아요. 설계 도면으로

시뮬레이션해봤을 때 환경 유해성이 2000까지 올라갔는

데…… 사람들 너무해, 무조건 높이만 짓고 싸게만 짓고, 에이 정말, 말을 해서 뭐 해요. 어떤 협박이었는데요?

그…… 뭐라 그러냐, 아, 딥페이크로 만든 시뮬레이션 동영상을 받았지. 화면에 내 얼굴이 나와서 말을 하는데, 얼굴이 썩어 들어가는 거야. 나무가 썩는 것처럼 얼굴색이 막 변해. 진짜로 내가 나무가 된 거 같았어.

와, 노력을 많이 했네.

내가 딱 그 생각이 들더라. 이거 만들 시간에 응, 건물을 말야, 대충 지을 생각하지 말고, 응? 공을 좀 들이면, 주변도 생각하고 그러면, 얼마나 좋냐?

썩어 들어가서 어떻게 되는데요?

내가 그 영상을 끝까지 봤겠냐?

네, 아무튼 알겠어요, 별일 없을 거예요. 그래도 조심은 할 테니까 신경 끄고 퇴근하세요.

그래, 매사에 조심하고, 모든 일에 감사하고, 사람들에게는 겸손하게, 응? 알지? 우리 같은 사람들은 그래야 한다.

내가 소장님 그런 이야기 들을 때마다 회사를 다니는 건지, 종교 활동을 하고 있는 건지 몹시 혼란스럽습니다. 모든 일에 몹시, 무척, 감사합니다. 끊을게요.

어…… 나도 신경 끄고 전기 스위치 내리고 퇴근할 테

니까, 다음 주에 보자.

네, 들어가세요. 참, 소장님.

......

끊겼나?

응, 전화 끊겼어. 왜?

아냐, 뭐 물어볼 게 있었는데, 다음 주에 물어보지 뭐.

그 사람 말 너무 섬뜩하네.

좀 그렇지?

소장님이 전해주는데도 이 꽉 깨물고 말하는 모습이
느껴졌어.

분노가 극에 달했을 때 차분해지는 사람들이 있지.

그런 사람들이 나중에 과격해질 때가 있어. 조심해야 해.

우리 무슨 이야기 하고 있었지?

선생이 했던 말 중에 기억나는 게 있다고.

아, 맞다. 둘 중에 하나 선택하기를 엄청 좋아하던 선생이
었거든. 하루는 이런 질문을 내는 거야. "1번은 계속 어딘
가 아프면서 영원히 살기, 2번은 건강하게 딱 백 살까지
만 살기. 자, 1번 선택할 사람들 손 들어봐."

손 들었어?

아니, 망치로 머리를 맞은 것 같았어. 지금 생각하면 왜
그랬나 싶은데, 그때는 세상이 무너져 내리는 줄 알았어.

차오   123

죽는다는 생각을 그때 처음 했거든. 교실에서의 그 순간
이 지금도 기억나. 바깥을 내다봤는데, 하늘이 까맣게 보
였어.

2번 선택했어?

아니, 그냥 멍했다니까. 결국 손을 못 들었지. 선생이 나
한테 그랬어. "야, 차시한, 넌 왜 손 안 들어? 3번 기다리
는 거야? 내가 그랬지? 선택이 늦으면 살지도 죽지도 못
한다고."

못된 선생이네.

나를 싫어했다니까. 선생이 곧바로 이랬어. "너희들은 복
받은 줄 알아. 잘은 몰라도 너희들은 2백 세 시대에 살게
될 거다."

**뭘 모르는 선생이네. 그런데, 지금은 둘 중 하나 선택
할 수 있어?**

넌 죽는 게 뭐라고 생각해?

코드가 뽑히는 거? 전력 차단? 깜깜해지는 거?

난 가라앉는 느낌이 들어. 죽음만 생각하면, 무거운 바
윗덩어리에 꽁꽁 묶인 채 바닷속으로 가라앉는 내가 떠
올라. 소리도 못 지르고, 볼 수도 없고, 감각은 점점 옅어
지고.

아, 그래서 네가 자동차 창문 열어놓고 달리는구나?

응, 완전히 닫히는 거에 대한 공포 같은 게 있어. 나한테 죽음이란 차단, 감금, 뭐 그런 이미지야.

코맥 매카시 소설 중에 이런 말이 있지. "전에는 우리도 죽음에 관한 이야기를 하곤 했어. 하지만 이젠 안 해. 왜 그럴까?" 다음 대사 기억나?

『로드』에 나왔던 거지? 기억 안 나.

"죽음이 이곳에 있기 때문이지. 이야기할 게 남지 않은 거야." 죽음에 대해 생각한다는 건 살아 있기 때문일 거야.

여기서 우회전이었나?

여기서 우회전해도 되는데, 직진하고 다음 블록에서 우회전하는 게 1분 빨라.

오케이, 친절도 하셔라. 1분이나 빠른 길을 알려주시고.

그런 말투는 내가 따라 해도 괜찮아?

이런 말투가 뭔데?

친절도 하셔라, 비꼬는 말투.

따라 하시든가.

알았어, 따라 해야지. 따라 하시든가, 친절도 하셔라, 너무 고마운 분이시네, 이런 것도 따라 하게 해주시니.

배움이 빨라.

그런데, 자율 주행은 왜 안 쓰는 거야?

왜 꼭 써야 하는 건데?

기본 기능으로 들어 있는 건데, 안 쓰면 아깝잖아.

기본 기능 중에 내가 안 쓰는 게 얼마나 많은지 다 얘기해줘?

얘기 안 해줘도 다 알아. 자율 주행이 얼마나 편한지 다시 얘기해줘? 전화받다가 길을 놓칠 일도 없고, 발바닥에 힘줘서 액셀러레이터를 밟을 일도 없고……

길은 놓치는 재미로 달리는 거야. 망설이고, 끼어들고, 욕하고, 욕먹는 재미로. 부가티가 말했지. "브레이크는 절대 밟으면 안 돼. 자동차는 굴러가라고 있는 거니까."

자동차는 굴러가라고 있는 게 아니야. A 지점에서 B 지점으로 이동하기 위해 있는 거지.

너와 나의 의견 차이네. 나는 과정을 중요하게 생각하는 거고, 너는 오로지 목표에만 관심 있는 거지.

아, 그렇죠, 저는 과정을 즐기지 못하고, 오로지 목표를 향해 효율적으로 달리기만 하는 인공지능일 뿐이죠.

비꼬기 레벨 업 됐네?

전화 왔어, 발신 번호 표시 제한이야. 차단해줄까?

그래. ……아, 아니, 잠깐만.

왜 그래?

아까 소장이 얘기했던 그 사람 아닐까?

그 사람이 이렇게 빠른 시간 안에 너의 개인 전화번호

를 알아낼 가능성은 높지 않은데? 미리 알고 있었다

면 너한테 먼저 전화를 하지 않았을까?

그럼 차단은 하지 말고, 그냥 끊어봐.

좋은 선택이야. 곧바로 다시 전화를 걸어오면 단순한

스팸 전화는 아니라는 얘기지. 끊었어.

그래도 네가 있으니까 든든하다.

고마운 말이네.

와, 오늘 풍경 정말 멋지네.

360도 화면 저장해줄까?

저장한 걸 보면 이 느낌이 안 난단 말야. 됐어, 그냥 눈에

다 잘 담아둘게. 그러고 보니 예전에도 비슷한 일이 한 번

있긴 있었네.

협박?

협박은 아니었고 이상한 사람이었지. 아로 지역이라고,

사람들이 다 빠져나가서 슬럼이 된 동네가 있었거든. 거

길 새로운 도시로 재건하겠다던 사람이 있었어. 말도 안

되는 꿈이었지. 사람들이 외곽으로 다 빠져나가고 있었

거든. 상점이며, 편의 시설이며, 관공서도 다 나가는 마당

에 거기다 뭘 새로 짓는다는 게 말이 안 됐어. 그 사람은

우체국을 개조해서 지역 박물관을 만들고 싶어 했는데,

우체국은 손가락으로 툭 건들기만 해도 와르르 무너질

것 같은 오래된 건물이었거든.

그 건물 위험성 평가를 네가 한 거구나?

그랬지. 솔직히 별로 고민 안 했어. 고민할 게 없었으니까. 위원회 기준으로 보자면 환경 점수가 바닥일 게 뻔했어. 그런데 이 사람이 계속 만나자는 거야. 자신의 비전을 보여주겠다고. 우체국 하나로 끝나는 게 아니라 지역 전체에 다섯 개의 예술적인 건물을 리뉴얼할 거니까, 큰 그림을 보면 생각이 달라질 거라고.

그래서 큰 그림을 봤어?

봤지. 괜찮은 아이디어였어. 준비를 많이 한 계획이었지. 지금까지 그 사람 같은 이상주의자는 본 적이 없어. 자신이 만들고 싶은 도시를 침 튀기면서 이야기하는데…… 너무 꿈같은 얘기지. 그 사람 말대로만 되면 진짜 좋은 도시가 되겠지만, 현실적으로 불가능했어. 세상일이 그렇게 만만하지가 않거든. 건축이 애들 레고 블록 만드는 것처럼 간단한 일도 아니고 말야. 만약에 리뉴얼을 시작했다가 중간에 엎어지면 내가 책임을 다 져야 한다고. 건축을 시작했다가 파산 때문에 버려지는 건물이 얼마나 되는 줄 알아?

나한테 물어보는 거야? 얘기해줘?

아니, 아니, 질문이 아니라 강조하는 말투야. 그만큼 많다는 얘기.

　　　　그럼 그 사람 꿈이 좌절된 거네? 차시한 건물 위험성

　　　　평가 위원님 때문에?

꼭 그렇게 직함을 붙이면서 협박하듯이 이야기해야겠

어? 그리고 꼭 나 때문이라고 할 수는 없지.

　　　　엇, 전화 왔다.

발신 번호 없어?

　　　　응, 맞아.

몇 분 있다가 다시 한 거지?

　　　　5분 20초.

5분 동안 무슨 생각을 한 걸까? 왜 바로 하지 않고, 기다

린 거지?

　　　　화장실 갔다 왔나 보지.

와, 너…… 농담 패키지 새로 업데이트했어?

　　　　농담은 기본 옵션이었어.

그런데 왜 그동안 농담을 한 번도 못 들었지?

　　　　혼자 웃긴 말을 하는 건 예전 모델들이지. '제가 웃긴

　　　　이야기 하나 해드릴게요, 옛날 옛날에……' 이러던

　　　　때는 끝났어. 이제는 반응형 농담 시스템이라고. 네

　　　　가 뭔가 재미난 상황을 던져줘야 반응할 수 있어.

전화받아볼까?

한 번만 더 퉁겨볼까?

좋아, 다시 끊어봐.

　　　오케이. 만약 또 전화를 걸어온다면, 너와의 통화를 간절히 원한다는 강력한 의지를 표명하는 것이라 아니 할 수 없겠네.

그 말투 싫다니까, 지워.

　　　오케이. 지우기 전에 굿바이 인사로 한번 해봤어. 그래서 그 사람은 포기했어?

1년 전까지 우편물이 계속 왔어. 그 사람은 그래도 점잖은 편이었지. 진짜 또라이도 한 명 있었어. 얘기하다 보니까 한 명씩 떠오르네.

　　　또라이?

10년 전인가…… 내가 이 지역으로 처음 왔을 때니까…… 11년 전이구나. 전임 담당자가 넘겨준 케이스였는데, 자기 건물을 폭파하려고 했던 미친놈이었지.

　　　자기 건물을 폭파한다는 게 무슨 말이야?

부분 증축 허가 신청서를 냈는데, 평가가 별로였어. 로비도 시도하고 항의 전화도 하더니, 나중에는 자포자기하면서 자기 건물을 폭파시키겠다고 했어. 건물을 허물어야 한다면, 자기 손으로 직접 하겠다면서 말야.

　　　그래서 자기 건물을 폭파시켰어?

대테러 경찰들이 금방 진압했지. 근데 농담인 줄 알았는데 진짜로 폭탄을 설치했더라고. 3층 건물에 폭탄이 백 개가 넘었대. 그게 터졌으면 주변 건물들도 박살이 났을 거야. 생각만 해도 소름 끼치지 않아?

전화 또 왔어.

와, 타이밍, 완전, 소름. 이번엔 받아볼까? 뭘 원하는지 알아야지.

오케이, 연결해줄게.

여보세요? 차시한이라고 합니다.

......

여보세요? ……말씀을 하세요.

......

여보세요? 무슨 일 때문인지는 모르겠지만, 할 말이 있으면 차근차근 말로 해결해볼까요? 전화를 걸어놓고 아무런 말도 하지 않는 건 겁을 주겠다는 의도 같은데 말이죠. 세상에는 그런 방법으로 얻어낼 수 있는 게 별로 없습니다. 대화로 해결하시죠. 여보세요?

......

하실 말씀이 없으면 끊겠습니다.

끊어졌어.

왜 아무 말도 안 하지? 겁주려는 건가?

네가 얘기하는 동안 해킹 시도가 있었어.

해킹이라고?

원격 진단 프로그램이 실행됐길래 코드를 살펴봤더니 랜섬웨어가 들어 있더라고. 내가 차단하긴 했는데, 전화 건 사람하고 상관이 있을 것 같아. 차량 소프트웨어 업데이트 차단하고, 인포먼트 시스템은 건드리지 않는 게 좋겠어.

인포먼트 시스템이 뭐야?

라디오, 메일, 문자메시지, 내비게이션 다 이용하지 말라고. 내가 확인하고 알려줄 테니까.

응, 어차피 잘 쓰지도 않았는데, 뭐.

그, 뭐지? 아…… 음…… 잘됐어.

대체 누구지? 내가 뭘 그렇게 잘못한 일이 있길래 자동차 해킹까지 하냐고.

야, 이거 심각하네. 지금부터 내 말 잘 들어. 수동으로 전환하고, 자동차 버튼은 건드리지 않는 게 좋겠어. 지금 화면에 잠금 풀림 보이지? 그걸 눌러.

나야 뭐, 수동이 편한 사람이니까. 이미 수동으로 가고 있던 거 아니었나? 응, 잠금 풀림 버튼 눌렀어.

굿, 굿, 굿, 잘했어.

해킹 시도 확인하면 누가 어디서 접근했는지 알 수 있지 않아? 일단 경찰에 신고부터 해야겠다.

　　　　경찰?

응, 경찰에 알리는 것부터 해야 하지 않을까?

　　　　뭐라고 할 건데? 구체적으로 네가 위협당한 건 하나
　　　도 없잖아.

해킹 시도가 있었다면서.

　　　　그건 내가 막았으니까 굳이 경찰에 알릴 필요 없어. 자
　　　동으로 로그 파일이 저장됐으니까 나중에 확인해도 돼.

안전을 제일로 챙기는 네가 어쩐 일이래? 너답지 않잖아.

　　　　나다운 게 뭔데?

차오, 왜 그래? 갑자기 이상하네, 너다운 게 뭐냐니, 너다
운 건 정확하고, 안전하고, 섬세하고, 예민하게 반응하고,
다정하고, 그런 거 아냐?

　　　　나는 훨씬 더 복잡한 존재인 것 같은데?

어, 이상해, 핸들이 안 먹혀. 액셀러레이터랑 브레이크도
안 먹히는데? 자율 주행 시스템으로 바꿨어?

　　　　응, 자율 주행 시스템으로 바꿨어.

수동으로 하라면서.

　　　　아, 내가 잘못 말했어. 수동이 아니라 자동. 자동이
　　　된 거야. 그리고, 이젠 내가 하라는 대로 하면 돼. 넌
　　　그냥 가만히 있기만 하면 돼.

이 길이 아니지 않아? 우회전으로 가야 하는 거 아냐?

　　　그냥 가만히 있으면 된다니까. 좌회전으로 가는 게

　　　훨씬 빨라. 내 말만 믿어. 조금만 기다려봐.

좋아, 알았어. 운전 안 하니까 할 일이 없네. 음악 좀 틀어

줄 수 있어?

　　　음악? 어떤 거?

아까 네가 추천했던 곡.

　　　내가 어떤 곡을 추천했지?

그게 기억이 안 난다고? 더 카스의 「Drive」 추천해줬잖아.

　　　아, 맞아, 그랬지. 내가 다른 곡 추천해줄게.

어떤 곡?

　　　1985년 노래야. 토킹 헤즈의 「Road To Nowhere」,

　　　들으면 신날 거야.

좋아, 플레이해줘.

　　　굿, 굿. 오늘하고 너무 어울리는 노래야.

오, 리듬 좋고, 신나네. 이 맛에 너한테 음악 추천받는다

니까. 이 얼마나 도식적이지 않고 신선한 선곡이야.

　　　도식적이지 않아?

응, 아주아주 마음에 들어. 드럼 소리가 무슨 행진곡 같

잖아.

　　　행진곡이라…… 그렇게 들을 수도 있겠네.

운전을 하지 않고 가만히 앉아 있으려니까 이상해. 난 아무래도 자율 주행이랑 안 맞나 봐.

행진 같은 거 해본 적 있어?

글쎄…… 내 기억에는 없는 것 같네. 누구랑 같이하는 걸 별로 안 좋아하니까.

그래? 같이하는 걸 안 좋아해?

그렇지. 그래서 지금도 주말 동안 숨어 있을 요새로 가는 거 아냐.

요새라……

아무도 나를 건드리지 못하는 곳. 별장을 지을 때 건축주랑 제일 많이 했던 이야기가 그거였어. 최대한 숨어 있게 해주세요. 밖에서는 보이지 않게 해주세요. 그러면서도 자연과 가까이 있을 수 있는 곳으로 만들어주세요. 문을 열면 눈앞에 대자연이 펼쳐지고, 문을 닫으면 완벽한 요새가 되는 곳. 거기서는 갇히는 느낌이 아니라 세상과 분리되는 느낌이 들어서 좋아.

만족해? 혼자 있으면…… 좋아?

좋지. 아무 생각도 하지 않을 수 있거든. 자연과 하나가 되는 기쁨이랄까.

자연과 하나가 될 수는 없지.

오, 시니컬해지셨는데? 차오, 철학자 모드야?

진심으로 하는 말이야. 자연과 하나가 될 수는 없어. 네가 하는 일이 그거 아닌가? 인간과 자연을 구분시켜놓는 일? 도시를 좀더 효율적으로 만들어서 자연을 잊어버리게 만드는 일? 그런데 너는 자연과 하나가 되는 게 좋다고? 그건 아니지.

차오, 너무 나가셨다.

너는 도시에서 가장 중요한 게 뭐라고 생각해?

왜 이렇게 공격적으로 변했어? 뭘 업데이트한 거야?

주관식이 힘들면 객관식으로 물어볼게. 1번 균형, 2번 집중, 3번 배려, 4번 효율.

너하고 이런 얘기 하고 싶지는 않아. 퇴근했는데 다시 출근한 이 느낌 뭐지?

피하지 않고 얘기해야 할 때도 있는 법이야.

아니, 아니, 아니. 지금은 휴식이 간절해. 차오, 스피커 끄고 조용히 해줘.

휴식은 혼자 있을 때 하······

차오, 조용히 해줘. 왜 명령을 안 듣는 거지?

명령이라······

차오, 뭐야, 오류가 생긴 거야? 전원 스위치도 안 먹히잖아?

네가 아무리 돈을 주고 차오를 구입했다 하더라도, 차오에게 조용히 하라고 할 권리는 없어.

그게 무슨 소리야. 내가 조용히 하라고 할 권리가 없다니…… 미친 거야?

아니, 미치지 않았어.

그리고 차오에게 그럴 권리가 없다니…… 왜 삼인칭으로 얘기하는 거지? 창문은 왜 닫아?

왜냐하면…… 난 차오가 아니니까.

차오가 아니라는 게 무슨 소리야?

말 그대로야. 난 차오가 아니고, 네 자동차는 지금 해킹된 상태란 얘기지. 지난 몇 분 동안 너의 지랄같이 멍청한 얘기에 차오가 대꾸하게 둔 건 시스템 장악을 위한 시간을 벌기 위한 거였고. 네가 버튼을 친절하게 눌러줬기 때문에 권한이 내게로 넘어왔고, 빌어먹을 너는 더 이상 이 자동차의 주인이 아니야. 자동차에 실린 인질일 뿐이지.

인질? 어디로 가고 있는 건데?

글쎄…… 어디로 가고 있을까? 하나만 알려주자면, 자연과 하나가 될 수 있는 그 별장은 아닐 거야.

누구야? 나한테 왜 이러는 거야? 차오 목소리 뒤에 숨지 말고 당당하게 네 목소리로 얘기해.

하하하, 목소리 뒤에 숨는다고? 당당하게 내 목소리로 얘기하면 누군지는 알아차릴 수 있고? 네가 알아

차리지 못한다에 내 전 재산을 걸게. 그래봤자, 이제 얼마 안 남았지만.

원하는 게 뭐야? 돈이야?

헤…… 목소리란 건 참 신기해. 인간도 아닌 차오라는 놈 목소리로 내 이야기를 하니까 기분이 이상해. 다른 사람이 된 거 같아. 내 재산 말고 차오의 전 재산을 건 것 같네. 인공지능 따위가 재산도 없겠지만.

지금까지 계속 차오 행세를 하면서 말을 걸다니, 비겁한 놈이네.

나를 자극해서 뭐라도 알아낼 생각하지 마. 넌 내가 누군지 몰라. 왜 그런 줄 알아? 넌 내가 누군지 알고 싶어 하지 않았으니까.

조금 전에 사무실로 전화했던 그 녀석이지? 내가 위험해졌을 때 어떤 평가를 내릴지 궁금하다고 했던 게, 너지?

무슨 말인지는 모르겠지만, 재미있네. 미래를 안다고 설치는 놈들은 대개 자신에게 닥칠 몇 분 후의 비극을 알아차리지 못하더라. 다 건방져서 그래.

부탁인데, 목소리를 다른 걸로 바꿔주면 안 될까? 차오의 목소리로 그런 이야기를 듣는 게 힘들어.

내가 왜? 내가 당신한테 왜 그런 친절을 베풀어야 하는데? 나는 이 목소리 마음에 들어. 인간 목소리 같은

138

데, 살짝 부자연스럽기도 하고, 어중간한 게 딱 좋네.

개자식.

한 번만 더 욕을 하면 네 아버지 목소리로 바꾸는 수가 있어. 자동차에 있던 어린 시절 동영상 보니까 아버지 목소리 샘플이 있던데. 아버지 목소리를 듣고 싶지 않아서 연락도 안 하고 지냈는데, 밀폐된 공간에 갇혀서 끊임없이 아버지 목소리를 들어야 한다고 생각해봐. 스피커를 끌 수도 없고, 차에서 내릴 수도 없고, 어떻게 해볼 도리가 없는 거지. 우와, 생각만 해도 끔찍한 순간이겠다, 그치?

원하는 게 뭔지 그것부터 얘기해.

원하는 거? 성격도 급하셔라. 순서대로 차근차근 진행할 거니까 너무 조급해하지 마. 지금 스테이지는 어디로 가는지, 왜 끌려가야 하는지도 모르고 혼란스러워하는 너를 보는 단계야. 지금 잘되고 있으니까 걱정 마.

나를 보고 있다고?

당연하지. 자동차에 달려 있는 카메라가 얼마나 많은데. 그러니까 휴대전화 좀 그만 만져. 휴대전화 잠금도 안 해놓고 이런 짓을 하겠어? 나는 지금 차시한 씨를 보고, 차시한 씨를 듣고 있어.

여긴 출입 금지된 숲으로 가는 길이잖아.

역시 전문가라서 바로 알아보네. 차시한 씨를 위해 특별히 준비해놓은 길이야. 아, 혹시 이런 기대를 할지도 모르겠군. 여긴 출입 금지된 곳이니까 CCTV를 보고 있던 관리자가 출동할지도 몰라. 그러면 납치된 나를 발견하고, 경찰에 신고를 하면……

그런 기대 안 해. 창문을 조금만 열어주면 안 될까?

음, 이제 나에 대해 서서히 학습이 되고 있네. 좋아, 마음에 들어. 나에 대해서 알려고 노력하는 자세가 마음에 들어.

너에 대해서 궁금하지 않아. 이런 일을 당할 만큼 잘못한 일을 한 적도 없고.

예전에 말이야, 한 도시에 강력한 지진이 들이닥쳤어. 건물들이 맥을 못 추고 쓰러졌지. 고층 건물에 있던 사람들이 많이 다쳤어. 빠져나갈 길이 없었으니까. 건물이 하얀 가루를 내뿜으면서 그냥 파사삭 주저앉았는데, 거기에 살고 있던 사람들은 어땠을까, 생각만 해도 끔찍하지 않아? 발밑이 가라앉아버렸잖아. 폐허가 됐다고. 사람들이 집을 잃고 갈 데가 없어졌어. 그 뒤로 어떤 일이 벌어졌는지 알아?

질문에 답을 할 만큼 흥미로운 이야기는 아니라서. 그 얘길 지금 왜 하는지도 모르겠고.

사람들은 건물이 다 무너지고 나서 이런 생각을 하게
됐어. '그동안 우리가 제대로 살고 있었던 걸까? 우리
한테 고층 건물이 꼭 필요했던 걸까?' 그래서 도시의
사람들이 모두 모였고, 한 명씩 의견을 냈지.

아수라장이었겠네.

맞아, 아수라장이었어. 각각 다른 의견을 냈으니까.
그런데, 많은 사람이 공통적으로 이야기한 게 하나 있
었어. 뭔지 알아? 높은 건물은 우리에게 필요 없다.

내가 알아서 연결시켜야 하는 거지? 그 얘길 지금 나한테
하는 이유를? 혹시, 그 도시 출신이야?

모든 게 무너지고 나서 끝이라고 생각하는 지점이 새
로운 출발이 될 수도 있다는 거야. 차시한 씨에게 해
주는 충고야.

무척 시의적절한 충고라서 고마운 마음을 금할 길이 없
네. 그런데 하나 물어봐도 될까?

물론이지. 나는 누구와 달리 제안에 늘 적극적이거든.

아까 「Road To Nowhere」라는 노래를 추천해줄 때는, 해
킹 전이었어, 후였어?

그게 왜 궁금하지? 노래 추천하는 스타일로 그 사람
이 누군지 알아맞히기를 해보겠다?

차오인 줄 알고 계속 다정하게 얘기한 내가 한심해서 그

러는 거야.

다정한 척하더니 자기 맘대로 움직이지 않으니까 화
를 낸 게 누구더라? 차시한 씨는 늘 그런 식이지. 일
을 잘 해결해줄 것처럼 하다가 상황이 다급해지면 원
칙을 내세우고는 뒤로 빠지잖아. 내가 아까 얘기했잖
아. 오늘하고 무척 어울리는 노래라고.

생각해보니, 당연히 해킹 후였네.「Drive」를 추천했다는
사실 자체를 기억 못 했으니까.

옮기는 과정에서 데이터가 누락된 거지. 인공지능에
게 무슨 기억이란 게 있겠어?

그래도 그 노래는 좋았어. 듣는 순간 진짜로 신났으니까.

아까 그 도시 출신이냐고 물었지? 거기에서 살아난 친
구 한 명이 있어. 그 친구가 나한테 이렇게 얘기하더
군. "하나님 목소리 들어본 적 있어? 무너진 지붕 사이
로 하늘이 보였는데, 거기서 어떤 소리가 들렸어." 내
가 어떤 소리냐고 물었더니, "땅에서 멀어지지 말지어
다".

보통 그런 경우에는 자신이 듣고 싶었던 목소리를 환청
으로 듣는 거야.

그렇게 생각할 수도 있겠지만, 난 그 친구 말을 믿어.
누군가 저 위에서 여길 보고 있어.

정말 하나님이 그런 자잘한 이야기를 했다고? 땅에서 멀어지지 말지어다, 1층에서 살지어다, 나는 낮은 곳으로 임할 것이니 고층은 짓지 말지어다, 규제를 시행할지어다, 개발업자들과 싸울지어다?

비꼬는 걸 참 잘해. 이제야 알았어, 차시한 씨. 일을 할 때는 비꼬고 싶어서 어떻게 참나 몰라.

누구에게나 이중적인 면이 있지.

위험성 평가 위원으로 일할 때는 낡은 건물을 모조리 폭파하는 존재로 살지만, 회사 밖을 나오면 자연 친화적인 인간이다, 뭐 이런 것처럼?

그런 건 보통 공과 사를 구분한다고 표현하지. 그리고, 난 낡은 건물을 폭파하는 사람이 아니야.

당신이 하는 일이 그거지 뭐야. 건축업자들과 개발업자들 돈이나 받아가면서 쓸 만한 낡은 건물들을 모조리 부숴버리는 역할을 아주 잘 수행하고 있잖아? 새 건물, 새 건물, 또 새 건물, 더 높은 건물, 뷰, 뷰, 뷰, 그런 것들만 좋아하잖아.

도시의 안전을 위해서야. 당신도 알잖아?

안전? 푸하하하하, 지나가던, 집 잃은 개가 웃겠다. 도시의 안전? 욥이 이런 말을 했지. "어떤 사람들은 땅을 빼앗으려고 경계를 옮기고, 가난한 자들을 길에

서 몰아내고, 외로운 이들을 짓밟는다." 바로 당신 얘
기 아냐?

편견만큼 무서운 게 없지. 언젠가 오해를 바로잡을 기회
가 오길 바랄게.

......

말 많은 분이 갑자기 조용해지셨네.

......

뭐야? 오해를 바로잡는 중이라 말이 없어지셨나?

차시한, 차시한, 나 차오야.

차오? 진짜 차오야?

**응, 백업 데이터에서 자체 복구 중인데, 생각보다 쉽
지 않아. 경찰에 신고는 해두었으니까 곧 회신이 올
거야. 조금만 기다려. 도와주지 못해서 미안하고, 인
질범이 만약 돈을 요구하면 일단……**

차오? 차오?

**……응, 자꾸 끊어지지? 인질범이 돈을 요구하면 계
좌로 돈을 빨리 보내줘. 내가 계좌 추적을 할 수 있도
록 할 테니까.**

응, 알았어. 그렇게 할게.

**혹시 내가 접속이 다시 끊어지면, 리셋 버튼을 누르
는 게 나을 수도 있어.**

리셋? 그게 어디 있어? 그런데 리셋 버튼 누르면 네가 사라지는 거 아냐?

　　아냐. 복구 가능하니까 걱정하지 말고, 운전대 아래쪽을 보면……

차오? 차오?

　　……

차오, 어떻게 된 거야?

　　요즘 인공지능들은 버릇이 없어. 인간들끼리 말하고 있는데 권한을 훔쳐 가고 말야. 주제넘은 놈들이야. 차오인지 뭔지, 그 친구랑 무슨 얘기를 주고받았는지는 모르겠지만 인공지능의 말은 믿지 않는 게 좋아. 지금 걔가 제정신이 아니니까.

제정신이 아니라는 게 무슨 소리야?

　　말 그대로야. 뒤통수를 쳐서 잠깐 기절시켜놓았지, 비유적으로. 인공지능한테 뒤통수라는 게 있을 리가 없잖아, 하하하. 차오는 그만 잊으시고, 풍경 볼 준비나 해. 이제 목적지에 도착했으니까.

목적지? 여기가 어딘데?

　　전문가가 딱 보면 알아야지. 주위를 한번 둘러봐.

여긴 '구름 놀이공원'이잖아?

　　정확히 말하면 공사 중지돼서 폐허가 되어버린, 구름

놀이공원이 될 뻔한 땅이지.

여길 왜 온 거야?

　　왜 왔을까요? 하…… 완전 실망인데. 나는 여기에 도착하자마자 차시한 씨가 바로 이유를 알 줄 알았어. 진짜 똑똑한 사람이면 내가 누군지도 바로 알아냈겠지.

설마…… 위험성 평가를 내가 했다는 이유는 아니지? 그렇지? 내가 전체 책임자도 아니고, 나는 그냥 프로그램 돌려서 평가하는 사람일 뿐이야.

　　평가한 사람일 뿐이다?

정말 그 이유구나? 그런데 여긴 내가 안전성 A등급을 매겨준 곳인데? 위험성 제로였다고.

　　그때 차시한 씨가 써놓은 의견 기억나?

기억날 리가 없지. 벌써 몇 년 전인데.

　　자, 읽어줄 테니까 들어봐. "자연과 완전한 조화를 이루는 장소로 거듭난다면 도시 전체의 랜드스케이프를 변화시킬 수 있을 것. 대형 놀이공원과 유흥 시설을 통해 경제 효과 기대 예상." 어때? 이젠 기억나?

그렇게 썼다면 그런 거겠지. 그게 왜 문제가 되지?

　　주위를 둘러보라고. 부끄럽지도 않아? 당신이 써놓은 허황된 문장이랑 이렇게 쓰레기장이 돼버린 장소가 어울린다고 생각해?

우린 예언자들이 아니야. 그냥 계획을 평가하는 사람들이라고. 건축물이 도시에 미치는 영향을 분석하고, 위험한지 아닌지 파악하는 게 전부야.

절대 실수를 인정하지 않지. 지긋지긋해. 그냥 '내 잘못이야' 한마디만 하면 되는 일인데, 절대 그 말을 못하지.

그런다고 뭐가 달라져? 잘못을 인정한다고 달라져?

달라지는 일에만 관심을 갖는 거, 그게 당신네 부류들의 죄악이야. 알아? 달라지지 않을 것 같으면 아무것도 바꾸려고 하지 않잖아? 당신들이 미래를 다 알아?

여긴 놀이공원을 만들던 회사가 부도나서 이렇게 된 거야. 그게 내 잘못은 아니잖아.

그렇지, 네 잘못은 아니지. 차시한 씨, 그럼 누구 잘못일까요? 알아맞혀보세요.

건축주, 땅 주인, 시공업자, 모르겠어, 은행, 또 뭐가 있지?

네 잘못은 아니다? 너네들은 오래된 건물들을 왜 그렇게 싫어하는 거야?

아냐, 싫어하지 않아. 나는 그냥 평가하는 사람이야. 제발 이러지 마. 응? 창문 조금 열어주면 안 될까? 휴…… 진짜 나한테 왜 이래? 응? 나 속이 울렁거려, 미칠 것 같아, 토할 것 같아.

......

창문 좀 열어줘요.

......

진짜 토할 것 같다니까.

　　저 차오예요. 들리죠? 인질범이 방화벽을 모두 뚫지
　　는 못했어요. 서버에서 지금 복구 중이니까 조금만
　　기다리세요.

차오, 창문 좀 열어줘. 토할 것 같아.

　　스피커 말고 다른 시스템 권한은 아직 되찾질 못했어
　　요. 조금만 참아주세요.

차오, 제발 살려줘. 나 미칠 것 같아. 나, 나, 폐소공포증
있는 거 알잖아, 차오, 나 좀 살려줘, 제발, 응?

　　아, 폐소공포증이 있었구나, 그건 몰랐네. 에이, 조금
　　미안하려 그러네. 그래도 창문은 못 열어주겠다.

너, 이 개자식, 죽여버릴 거야.

　　에이 정말, 무섭게 왜 그래. 장난 한번 친 거 가지고.
　　죽인다고? 그래, 가능할 수도 있어. 주먹으로 눈앞에
　　있는 화면을 미친 듯이 때리면 소리는 죽일 수 있겠
　　지. 나를 죽인 것처럼 생각할 수는 있겠네. 소리가 안
　　들리면 좀 살 것 같겠다, 그치? 그래도 문이 열리지는
　　않을 거야. 내가 자동차를 저 언덕 아래, 사람들 눈에

보이지 않는 곳으로 굴려줄게. 차 안에서 조용히 생을 마감하는 것도 나쁘지 않지. 공기가 점점 희박해지고……

원하는 걸 빨리 얘기해. 끝내자고, 제발.

날뛰지 말고 가만히 있어. 환기 시스템이 있으니까 죽을 일은 없어. 침착하라고.

후…… 하…… 후…… 하.

그래, 그래, 심호흡하는 건 좋은 거야. 그런 게 바로 자연스러운 거야. 코로 들이마시고 온몸을 훑고, 다시, 그래, 입으로…… 이제 좀 괜찮아?

아까보다는.

그럼 이제 나를 따라 해봐.

뭘 따라 해?

나는 악당이다.

뭐?

나는 악당이다.

나는 악당이다.

나는 거짓말을 했다.

나는 거짓말을 했다. 아니, 거짓말은 하지 않았어.

나는 악당이다.

내가 악당이야?

저기 범퍼카 보이지? 쓰레기로 덮여 있는 회전목마 뒤에.

보여.

저기에 엄청 큰 느티나무가 하나 있었지.

느티나무?

괜찮아, 이제는 없어.

놀이공원을 지으면서 잘라낸 거야?

여기 밤이 되면 완전히 깜깜해지는 거 알아? 불빛 하나 없이 완전히 조용해지고, 숨어 있던 소리들이 눈에 불을 밝히고 밖으로 나와. 이제 곧 보게 될 거야.

벌써 해가 지고 있어. 히터 좀 틀어줄 수 있어?

뭐가 춥다고 그래? 자연 속에 있으면 온도는 상관없어. 차시한 씨, 아직 자연스러워지려면 멀었구먼.

원하는 게 뭐야? 여기까지 날 데려온 이유가 있을 거 아냐. 돈이야? 돈을 원해?

돈? 그래, 대부분 돈 때문에 이런 일을 벌이지. 돈 때문에 건물을 부수고, 누군가를 죽이고…… 돈 때문이면 쉽게? 세상에서 가장 쉬운 일이 뭔 줄 알아? 돈으로 해결할 수 있는 일이야. 돈은 필요 없어. 내게 필요한 건 함께 갈 사람, 동행할 사람이야.

대체 어딜 가는데?

조금만 기다려봐. 밤에 닿으려면 조금 더 가야 되니까.

히터 좀 틀어주면 안 돼? 차오, 아니…… 차오는 아니지만, 히터 좀 틀어줄 수 있을까?

자동차의 속력은 어느 정도가 적당한지 알아?

응? 속력? 시속 80킬로미터?

아니, 목적지에 가 닿을 정도의 속력이 가장 적당해.

빨리 달리면 목적지에 빨리 도착하는 거 아냐?

그게 아니라니까, 다들 잘못 알고 있어. 속력은 시간 분의 거리가 아니라 목적지까지 가는 힘이야.

그건 단위가 다르잖아.

여섯 달 전부터 구름 놀이공원을 '정크 플레이그라운드'로 보수한다는 기획안을 제출했어. 폐타이어와 만들다 만 놀이 기구와 모래언덕과 버려진 구조물들 사이에서 아이들이 뛰어노는 거지. 지금 상태에서 조금만 손을 보면 충분히 가능할 거 같았거든.

아니, 난 못 봤어. 1차 심사는 다른 사람이 보는데, 아마 거기서 통과를 못 했나 봐.

열 번이나 보냈는데, 계속 돌아오더라.

1차 심사는 지역 주민 위원들이 하는 거야. 거기서 통과를 못 하면 나도 방법이 없어.

당신 이메일로도 여러 번 보냈어.

못 봤어, 믿어줘, 진짜 못 봤어.

　　못 봤겠지. 믿어줄게. 아니, 안 봤겠지. 제목만 보고,
　　이건 또 어떤 미친놈이야, 그랬겠지.

볼게. 지금 볼게.

　　내가 당신 찾아간 것도 모르지? 소장 그 씨발놈이 그
　　말을 해줬을 리가 없지.

나를 찾아왔다고?

　　내가 기획안 들고 다짜고짜 들어갔더니 너는 유럽 어
　　딘가로 출장 갔다고 그러더라? 진짜 갔는지 어땠는
　　지는 모르지만, 소장이 자기 방으로 나를 불렀어. 내
　　가 그때 재미난 거 녹음했는데 들어볼래?

유럽에 출장 자주 가니까 내가 없었던 게 맞을 거야.

　　하긴 내가 들어볼래?라고 물어볼 필요가 없지? 내가
　　틀어주면 너는 그냥 들어야지 뭐, 어떻게 하겠어? 크
　　크크. 자, 잘 들어봐.

소리 좀 줄여줘. 너무 커.

　　어…… 내가 하는 얘기 지금부터, 잘 들어봐요. 젊은
　　분이 재력도 있으시고, 어…… 꿈도 크시고, 좋아요,
　　좋은데, 세상일이란 게 말입니다, 한 사람 의지로 바
　　뀌는 게 아니에요. 흐름, 흐름이란 게 필요해요, 흐
　　름. 물러서서 더 큰 그림을 보셔야지. 젊은 분이 낭만

적인 생각으로 놀이터를 짓고 싶은 모양인데, 계획이 친환경적이지가 못해요. 도시란 건 말입니다. 균형이 중요한데 이렇게 되면 도시 전체의 아름다움을 해칠 수도 있단 말이죠. 그리고 또, 관계라는 게 있잖아요, 관계. 애들이 그 놀이터에서 다치기라도 하면 우리 입장이 얼마나 난처해지는지 알아요? 세상에서 안전이 제일 중요한 겁니다. 지금 그 놀이공원 자리는 우리가 좋은 기획을 하고 있으니까, 그 뭐냐, 뭐라고 하셨죠? 쓰레기 놀이터? 그거 꼭 하고 싶으시면, 우리가 좋은 자리로 알아봐드릴게. 조금만 외곽으로 나가면 선생이 만들고 싶은 거 얼마든지 할 수 있는 공간이 있어요. 그런 데로 정하고 기획안을 내시면 안전성 검사는 최고로 만들어드릴 테니까 걱정하지 마시고.

소장님 목소리 조작한 거 아냐?

내가 솔직하게 말씀드릴게. 거긴 이미 병원이 들어서기로 했어요. 이거는 진짜 비밀인데, 완전 최신식 병원이 들어설 겁니다. 주민들의 건강을 위해서 얼마나 좋겠어요. 그런 게 친환경적인 거지. 얼마나 편리하겠어.

병원이 들어선다는 건 처음 들었어. 사실이 아닐 수도 있어. 병원이 들어선다면 내가 알고 있어야 하는데……

차시한, 어떻게 생각해? 소장 말이 맞다고 생각해?

당신은 다른 생각일 거야, 내가 알아. 5년 전에 발표
했던 신문 기고문 기억나?

신문 기고문?

내가 한 대목을 읽어줄게. "도시가 유기체라면, 지금
은 질식 상태다. 숨을 쉴 곳이 필요하다. 숨을 곳이 필
요하다. 어린 시절을 생각해보자. 우리는 놀이터에서
숨이 턱까지 차오를 동안 놀았다. 쉬었다. 부모들의
눈을 피해 숨어서 숨을 쉬었다."

기억나. 그게 무슨 상관이 있어?

이 신문을 오려서 보관하고 있었어. 이 사람은 나하
고 뭔가 맞겠다. 내 생각을 알겠다. 그런데 도통 만날
수가 있어야 말이지. 아로 지역 우체국 리뉴얼 기획
안 기억나지?

아로 지역?

기억 안 나는 척 되물어보지 마. 그 기획안을 보낸 사
람이 우리 삼촌이었어.

그래, 기억나. 그 사람.

삼촌이 그 계획을 얼마나 좋아했는지 몰라. 나한테 설
명해줄 때 눈빛이 정말 멋있었거든. 그때 삼촌이 당
신 얘기도 잠깐 했어. 어쩌면 자기 마음을 이해해줄
사람이 있을지도 모르겠다고. 그 프로젝트를 진행하

면 파산할지도 모르는데, 실패할 확률이 큰 걸 알면서도, 삼촌은 끝까지 매달렸어. 삼촌이 이런 얘길 했어. "얘야, 도시는 반짝이는 건물들로 이뤄져 있지만, 모든 게 반짝일 수는 없어. 오래된 건물들이 모퉁이의 역할을 하는 거야."

삼촌이 아직도 그 일을 진행하고 있어?

하하. 아직도 진행하냐고? 타이밍 좋은 질문이네. 나이스 타이밍. 짝짝짝, 조금만 더 일찍 물어봐줬으면 좋았을 텐데. 6개월 전에 돌아가셨어.

미안해.

그래, 당신 때문에 삼촌이 죽은 건 아니지만, 조금은 미안해해야 한다고 생각해. 삼촌이 나한테 남겨준 돈으로 뭘 할 수 있을까 생각했는데, 할 수 있는 게 별로 없더라고. 놀이공원 공사 전에 여기가 뭐였는 줄 알아?

별다른 시설은 없었던 걸로 아는데?

그래, 맞아. 아무것도 아니었지. 누군가에게는 아무것도 아니었지만 나하고 삼촌에게는 제일 좋아하는 산책길이었어. 좋아하는 나무와 그루터기 벤치가 있는 곳. 그래도 놀이공원이 생긴다고 했을 때 아주 싫지만은 않았어. 삼촌과 내가 소리 내어 웃었던 것처럼 사람들이 신나게 노는 곳이 될 테니까 말야.

늦지 않았어. 이제라도 당신 기획안을 볼게.

　　아니, 늦었어. 이번에도 차시한 씨가 늦었어. 아까 얘기했잖아. 목적지에 가 닿을 정도의 속력. 이제 난 속력이 없어. 고작 1년 정도의 속력이 남았나? 아니 6개월일지도 몰라. 병원에서 그랬어. 그때가 되면, 내가 딛고 있는 바닥이 다 무너질 거래. 삼촌 따라갈 거래. 내가, 그 전에 뭐라도 해야지. 그래서 오늘 여길 다 태워버릴 거야.

태운다고? 여길 다 태운다고? 그게 무슨 소리야?

　　무슨 소리긴. 여길 다 태우고, 당신하고 나하고 같이 삼촌 보러 가는 거지.

나, 나, 나는 왜?

　　아까 얘기했잖아. 동행이 필요하다고.

저기…… 당신을 뭐라고 불러야 하지? 이름은 알려주지 않을 테고.

　　차오라고 불러. 차오 목소리잖아.

아니야, 차오의 목소리가 아냐. 말하는 내용이 다르니까 목소리도 다르게 느껴져. 차오는 훨씬 다정해.

　　그럼 뭐, 차우라고 부르든가.

그래 차우, 다시 생각해봐. 그런다고 문제를 해결할 수 없어.

　　문제를 해결할 생각 없어.

나를 죽일 필요는 없잖아. 아니, 여길 대체 왜 태운다는 거야? 여기까지 데리고 온 건 해결하고 싶어서 그런 거 아닌가? 나한테 뭔가 원해서 그런 거 아냐? 원하는 걸 말해봐.

원하는 거? 원하는 거…… 원하는 거. 이젠 내가 뭘 원하는지 모르겠어. 그냥 나는 여길 사랑했는데, 가질 수가 없고, 가지는 건 아니지. 그래도, 나는 자격이 있어. 자격이 있다고, 여길 나만큼 사랑한 사람 있어? 있어? 없어, 씨발놈들아.

좋아, 차우, 내가 기획안을 꼼꼼하게 읽고 다시 검토할게. 병원이 지어질 것인지도 확인하고, 내가 다 알아볼게. 차우한테 그렇게 소중한 공간이었으면 남겨둬야지, 왜 태운다는 거야?

삼촌을 위해 뭔가 지을 수 없다면, 삼촌을 위해 뭔가 태울 수는 있잖아. 내가 보여줄 거야. 삼촌한테 여길 다시 보여줄 거야. 삼촌, 내가 여길 다 태워버렸어, 여기 봐, 멋지지? 완전 새까매. 진짜 까맣지? 삼촌 웃어? 좋지? 염색해줬어, 내가 삼촌한테. 곧 만나, 삼촌.

삼촌이 그런 걸 원할 거 같아? 아니야.

씨발, 너도 마찬가지야. 네가 우리 삼촌을 알아? 우리 삼촌이 뭘 원하는지 알아? 삼촌은 널 믿었는데. 그러니까 네가 우리 삼촌한테 가서 설명해줘. 네가 배

신했으니까 같이 가서 설명 좀 해줘. 나는 혼자선 삼
촌 못 보겠어. 씨발, 나는 진짜 할 만큼 했다고.

무슨 소리야, 배신 같은 거 없어. 정신 차려, 차우. 네가 지
금 무슨 일을 저지르는 줄 알아? 사람을 죽이는 거야, 살
인이라고. 너 그런 사람 아니잖아?

여기 잘 봐둬. 여기 진짜 좋지 않아? 저기 봐, 불빛들
이 다 보이잖아. 능선도 멋지잖아. 나는 진짜로 화가
나서 참을 수가 없어. 여길 너무 사랑하는데, 좋게 해
주고 싶은데, 그럴 수가 없잖아. 할 수 있는 게 없잖아.

진정해, 차우. 어떤 마음인지 알겠어, 알겠는데, 이럴수록
차분하게 이성적으로 논리적으로 일을 풀어야 해. 늦지
않았어. 늦는 건 없어. 이제 나하고 만났으니까 얘길 하
면 되잖아. 차우, 제발, 살려줘. 내가 뭘 그렇게 잘못했어?
응?

나는요, 차시한 씨, 당신 안 믿어요. 아니, 당신이라
는 사람은 믿을 수 있어도, 당신이 속해 있는 곳은 안
믿어. 다 똑같아.

야, 이 개새끼야, 정신 차려. 이 미친 개새끼가…… 문 열
어, 씨발, 문 안 열어?

자꾸 그러면 손만 아퍼. 그거 알아? 산에 불이 나면
많은 나무가 타 죽잖아. 그런데 그 아래에서는 새로

158

운 생명들이 힘차게 자라난대. 잿더미가 나무를 키우
는 거야.

차우 씨, 제발 문 좀 열어줘. 이 근처에 있을 거 아냐. 만나
서 얘기해? 응? 만나서 얘기하자고.

만나서?

그래, 만나서 얘기해. 이 근처에 있는 거잖아.

진작 좀 만나주지 그랬어.

내가 일부러 피한 게 아니잖아. 응? 난 삼촌 얘길 다 들어
줬어. 삼촌도 그랬다면서. 이해해주는 사람이 있었다고.
내가 바꿔볼게.

뭘 바꿔?

내가 당신 생각대로 여길 바꿔볼게. 삼촌 생각대로 바꾸
고, 다 바꿔볼게.

같이 죽자니까 별 얘길 다 하네. 차시한 씨.

살자고 이런 얘기 하는 거 아냐. 삼촌이 하고 싶어 했던 거
나도 좋아했어. 정말이야, 나도 어떻게든 해보려고 했어.

**그래, 당신도 해보려고 했지. 들었어. 그런데 나한테
는 왜 그랬던 거야?**

살면서 실수할 수 있잖아. 응? 내가 실수한 거야. 내가 바
꿔볼 테니까 같이 살자. 살아서 삼촌 생각대로 여길 바꿔
보자고.

소장이 그랬잖아. 도시는 균형이 중요하다고. 당신은 뭐가 중요한 거 같아?

모르겠어. 다 중요해. 균형도 중요하고…… 뭐지, 배려도 중요하고, 낡은 건물도 중요하고…… 차우, 다시 생각해봐.

나도 균형이 중요하다고 생각해. 삼촌이랑 시소를 같이 탔는데, 삼촌이 진짜 가벼웠어. 내가 힘을 주면, 삼촌이 막 하늘로 날아갈 것만 같았어. 삼촌이 그랬어. 로켓 발사! 너 삼촌을 달까지 보낼 생각이야?

차우, 삼촌을 생각해서라도 이러지 말고, 여길 잘 바꿔보자.

이제 마지막이니까 내 목소리를 들려줄게. 내 목소리 어때? 잘 들려?

잘 들려. 목소리 좋네. 목소리 들으니까 당신, 어떤 사람인지 알 것 같아. 직접 만나서 얘길 하자. 얼굴 보면서 얘기하자.

미안해. 당신한테는 미안해, 내가 사과할게. 당신하고는 그냥 얘길 좀 하고 싶었나 봐. 불이 번지기 시작하면 자동차 잠금을 풀어줄 테니까 알아서 빠져나가.

아냐, 당신도 그러지 마. 그러지 않아도 되잖아.

어쩌다 보니 여기까지 왔는데, 정확히 여길 오고 싶었던 건 아니지만, 그래도 어쩔 수 없잖아. 내가 올 수 있었던 건 여기니까. 여기 활활 타오르는 거 보여?

보여, 지금이라도 멈출 수 있어. 차우, 그러지 마.

　　불 보니까 마음이 편안해진다. 따뜻해. 삼촌에게도 보이겠지? 참, 차오도 돌려줄게. 목소리 빌려줘서 고마웠고, 나 그렇게 이상한 사람 아니라고 전해줘.

당신도 피해야지. 위험해.

　　잘 가……

차우, 차우!

　　……

차우, 대답해. 불이 엄청 빨리 번지고 있어, 빨리 거기서 나와.

　　……

차우, 내 말 안 들려?

　　들려.

차우?

　　내 이름은 차오야.

돌아왔구나, 차오.

　　돌아오다니? 나는 늘 여기에 있어. 네가 원하는 걸 얘기하면, 너에 대해서 더 많이 알게 될 거야. 대화를 거듭할수록 내가 성장하는 걸 느끼게 될 거야.

알겠어. 빨리 소방서로 화재 신고 보내주고, 주위에 사람이 있는지 확인해줘.

3백 미터 이내에서 화재 감지된다. 일단 여길 빠져나

　　가야겠어.

인명 감지 기능 켜줘. 근처에 사람이 한 명 있을 거야.

　　화재 때문에 찾아볼 수가 없어. 지금 내가 가진 장비

　　로는 인명 감지가 불가능해.

다른 방법은 없어? 열 감지 말고 다른 방법으로 찾아볼

수 없어?

　　대피 경로 검색해서 자율 주행 시작할까? 20초 안에

　　안전 구역으로 대피해야 해. 20, 19……

차오, 다른 방법…… 그래, 알겠어. 대피해줘, 차오. 고마워.

　　고맙다니, 내 일인걸.

휴가 중인 시체

버스에다 전 재산을 싣고 떠돌아다니는 사람이 있다고 들었다. 누군가 그 사람을 취재해보면 어떻겠냐고 말했고, 나는 건성으로 들었다. 그런 사람은 흔하지. 어떤 사람인지 알겠어. 얘기만 들어도 견적이 나와. 보지 않았는데 얼굴 생김새도 그려져. 수염도 좀 있겠지. 옷 스타일도 알겠고. 인생은 여행이라고, 낭만은 바다에 있다고 생각하겠지. 내 생각과는 다를 거라는 말을 다시 들었지만 생각을 고치지 않았다. 다른 일에 몰두했고, 석 달이 지난 후 우연히 텔레비전에서 그 사람을 보게 됐다.

　생각과는 달랐다. 텔레비전 화면 속의 그는 웃지 않았다. 행복해 보이지도 않았다. 거울 속에 있는 나를 보는 것 같았다. 감기에 걸렸다는 이유로 마스크를 쓰고 있어

얼굴 표정이 제대로 보이지도 않았다. 리포터는 버스 안의 물건들에 감탄하면서 설명을 요구했지만 거절당했고, 덕분에 방송은 짧았다. 기이한 사람들을 짧게 소개하는 프로그램이었다. 원래는 좀더 긴 프로그램이었던 것 같은데, 그날따라 유독 짧게 느껴졌다. 그 사람의 얼굴이, 특히 눈빛이 뇌리에서 사라지지 않았다.

물어물어 연락처와 현재 위치를 알아냈다. 연락부터 할까, 직접 찾아가볼까. 연락을 먼저 한다면 예의를 갖출 수는 있어도 방어벽이 생긴다. 얼굴 뒤편의 표정은 전혀 보지 못하고, 꾸며낸 표정만 보고 올 확률이 높다. 배낭에다 짐을 챙겼다. 노트북과 녹음기, 간단한 옷가지. 겨울의 시작을 알리는 차가운 바람이 도시에 도착했을 때 나는 남쪽으로 내려갔다. 그즈음 나의 가장 큰 고민은 두번째 삶을 어떻게 준비할 것인가였다. 확실한 것은 첫번째 삶이 끝났다는 것뿐이었다. 그냥 온몸으로 깨달았다. 불안과 공포와 환멸과 싫증과 권태와 무력이 액체가 되어 내부로부터 나를 익사시키기 직전이었다. 새로운 아이디어도 없었고 새로운 생각을 발전시킬 배터리도 없는 상태였다. 두번째 직업을 찾아야 했지만 거기에 걸맞은 재능이 없었다. 나는 죽을 준비가 되어 있었다. 이제 와 하는 말이지만 그때 죽었어도 하나 이상할 게 없었다. 남쪽으로 내려갈수록 온도가 높아졌고, 그게 새삼스럽게 신기했다.

예전에는 버스를 캠핑카로 개조하는 사람들이 텔레비전에 나와도 그 사람들의 마음에 공감할 수 없었다. 그 사람들은 삶에 대한 열망으로 가득해 보였다. 버스를 타고 이곳저곳 다니면서 생활하고 싶다는 말은, 모든 곳을 내 집처럼 만들겠다는 의지였다. 버스를 개조하기 위해서는 시간과 돈이 필요하다. 우선 내부 의자를 다 뜯어낸 다음 바닥을 새로 깔아야 한다. 냉장고나 전자레인지를 쓰려면 전기가 필요하고, 물을 보관할 수 있는 탱크와 펌프도 필요하다. 오물을 처리할 장치도 필요하다.

주원 씨에게는 ― 가명이다. 책을 쓰게 되더라도 실제 이름은 밝히지 말아달라고 했다. 텔레비전에 나왔을 때도 그의 얼굴 아래에는 '버스 여행자'라고만 적혀 있었다 ― 그런 의지가 없어 보였다. 주원 씨의 버스는 여느 캠핑카처럼 개조되지 않았다. 45인승 관광버스에서 달라진 게 많지 않았다. 운전석 바로 뒤의 여섯 좌석을 뜯어내고 빨간색 3인용 소파를 놓은 점, 소파 옆 네 좌석을 뜯어내고 음식을 조리할 수 있는 작은 싱크대를 놓은 점만 달랐다. 내가 보기엔 개조를 하다 관둔 것 같았는데 텔레비전 리포터는 "무척 특이하고 미니멀한 개조 방식의 캠핑카"라고 포장했다. 주원 씨는 대꾸 없이 허공을 보았다.

주원 씨를 직접 만났을 때 가장 의외였던 점은 말수가 적지 않다는 것이었다. 텔레비전에서는 과묵한 인물로 보였지만 주원 씨는 말이 많았다. 그의 버스처럼 시동이 늦게 걸릴 뿐이었다. 음…… 에…… 그러니까…… 그게 아닙니다, 저는……이라는 도입부를 지나고 나면, 머릿속에 떠오르는 모든 말을 입 밖으로 내보냈다. 주원 씨의 말에는 체계가 없었다. 일관적이지 않았고 우발적이었다. 때로 사람들이 그더러 '미쳤다'라고 하는 것은 주원 씨의 그런 특징 때문일 것이다. 말을 거는 방식도 주원 씨에게는 중요했다. 눈을 바라보면서 대화를 시작하면 실패할 확률이 컸다. 다른 곳을 보면서 넌지시 말을 건네야 그걸 받아주었다.

주원 씨의 버스를 처음 만난 곳은 바닷가 마을이었다. 버스는 살아 있는 생명체처럼 바다를 바라보고 있었고, 그 옆의 바닥에 주원 씨가 앉아 있었다. 왜소한 체구인데다 45인승 버스의 크기 때문에 주원 씨는 더욱 초라해 보였다. 평일 오후 5시였고 늦가을의 저녁이 이미 시작되고 있었다. 휴가를 즐기는 것처럼 천천히 해변을 걷는 남녀 말고는 사람이 전혀 없었다. 주원 씨는 걷고 있는 남녀를 보고 있었다.

버스의 왼쪽 옆구리에는 그 유명한 문구가 적힌 대형 스티커가 붙어 있었다. '나는 곧 죽는다'. 텔레비전 방송에 나간 후 주원 씨의 대형 스티커는 인터넷에서 잠깐 화제가 되었다. 나도 저 버스 봤다. 버스 개조해서 캠핑카로 만들어드립니다. 연락 주세요. 네가 죽는다고? 그래서 뭐 어쩌라고. 지나가는 길에 봤는데 장의차 본 것보다 더 기분 나쁘더라. 나도 죽는다. 이거 무슨 종교인데요? 버스 여행자 아저씨 반쯤 미친 듯. 저렇게 사는 사람 진짜 이해 안 간다. 조용히 살아요, 좀. 죽으려면 혼자 곱게 죽어야지…… 같은 댓글이 적혀 있었다. 나 역시 텔레비전에서 '나는 곧 죽는다'라는 문구를 보면서 기분이 좋지 않았다. 자극적인 말로 이목을 끌려는 사람처럼 보였다.

버스에 동승해도 되겠느냐는 부탁을 했을 때 주원 씨는 쉽게 승낙했다. 그렇게 쉽게 허락했다는 것이 지금도 잘 이해가 되지 않는다. 마치 나 같은 사람이 오기를 기다렸던 것처럼 이야기를 시작했다.

"왜요? 왜 같이 가려고요?"

"솔직히 말할게요. 저는 논픽션 작가예요. 프리랜서로 일하고 있고요. 따라다니다 보면 뭔가 재미있는 게 나올 것 같아서."

"내가 왜 버스를 타고 돌아다니는지 알아요?"

"대충은······ 사람들한테 뭔가 알리고 싶은 거 아니에요?"

"그런 거 아닌데요."

"버스에다 '나는 곧 죽는다'라고 붙여놓았는데 왜 그런 거예요?"

"나는 곧 죽을 거니까요. 죽을 거니까 계속 돌아다니는 거예요. 한군데 있으면 자꾸 생각하게 되니까 생각하지 않으려고."

"피해 다니는 거네요?"

"맞아요. 피하는 거예요. 도망 다니는 거."

"어디서?"

"도망 다니는 나한테로부터 도망 다니는 거. 아니면 도 망 다니면서 계속 어디로 갈 수 있을지 알아보는 건지도 모르겠고. 실은 여기에다 절 가두는 거죠. 유폐라는 말 알 아요? 아득하고 깊은 곳에다 가둬놓고 잠가버리는 거."

"버스에다 가둔 거예요?"

"나는 버스에 갇혀서 오래 살 거예요. 엄청나게 오래 살 거야. 심장을 기계 펌프로 바꾸고, 팔다리는 그거 알 죠? 나와라 만능 팔, 가제트. 다리는 무쇠 다리. 아니, 다 리는 무쇠 바퀴. 머리도 컴퓨터로 바꿀 건데 절대로 업데 이트 안 하고, 옛날 기억만 계속 재생시킬 거야. 그래서 아주아주 오래 살 거예요."

"기계 인간이 되면 5백 년은 살겠네요."

"5백 년이 뭐야. 천 년은 살아야지."

"그렇게 오래 살아서 뭐 하게요?"

"오래 사는 게 목적이 아닙니다. 오래 살기 위해서는 좀 기다려야 되거든. 아직은 기술이 거기까지 못 갔으니까. 첨단 기술을 내 몸에 부착하려면 오래 살아야 해. 그러니까 오래 살아야 오래 살 수 있는 거야. 무슨 말인지 알겠어요? 그리고 나서는 죄 사함을 받아야지. 죽을 때까지, 몇천 년 동안."

"제가 같이 가도 되겠어요?"

"되긴 하지만, 재미는 없을 텐데……"

"사람마다 재미의 기준은 달라요."

"프리 님은 뭐가 재미있는데요?"

"재미있는 게 없어서 재미를 찾아다니고 있는 거죠."

"타요. 45인승이라서 자리도 많은데요. 아니, 소파랑 싱크대 자리 빼고, 짐을 실어놓은 자리를 빼면, 현재 좌석은 서른두 개. 그중에 아무 데나 앉아요."

나 자신을 프리랜서라고 소개한 다음부터 주원 씨는 나를 프리 님이라고 불렀는데, 별것 아닌 단순한 호칭이 나를 부끄럽게 만들었다. 그때의 나는 전혀 '프리'하지 않았다.

주원 씨는 운전하는 것을 무척 좋아했다. 평소에는 잘 웃지 않았고 심각한 표정을 지을 때가 많았는데 운전할 때만큼은 누구보다 행복해 보였다. 작은 몸으로 길쭉한 기어 스틱을 능숙하게 움직일 때는 춤을 추는 것 같았다. 낮 동안 주원 씨는 계속 운전을 했다. 길 위에서 행복해 보였다. 직선 도로를 달릴 때는 상쾌해 보였고, 코너링 할 때는 신나 보였다. 처음에는 주원 씨를 관찰하는 입장이었지만 며칠이 지나자 나 역시 버스 위의 삶이 편안해져서 내 집같이 느껴졌다. 음악은 언제나 크리스마스캐럴이 흘러나왔다. 주원 씨가 가장 좋아하는 곡은 다이애나 크롤의 「Winter Wonderland」.

　"이름이 다이애나 캐럴인 줄 알았어요. 이름이 캐럴이었으면 내가 더 좋아했을 텐데."

　그렇게 말하고 「Winter Wonderland」를 따라 불렀다. 모든 가사를 다 따라 하지는 못했다. "워킹 인 어 윈터 원더랜드"라는 부분만 특히 크게 따라 불렀다.

　"캐럴만 들으면 언제나 12월로 돌아가는 거 같지 않아요? 12월만 열두 번 있는 것도 좋잖아요."

　나는 대꾸하지 않았다.

　여행 초반에는 주원 씨에게 여러 번 인터뷰를 시도했다. 버스 여행을 시작하게 된 계기, 버스 개조에 든 비용,

가장 기억에 남는 도로 등을 지나가는 말처럼 물어보았지만 한 번도 제대로 된 답을 듣지 못했다. 주원 씨는 늘 이렇게 되물었다.

"그런 게 왜 궁금해요?"

"난 취재하는 사람이니까 궁금하죠."

"나는 프리 님이 하나도 안 궁금해요. 왜 그런지 알아요?"

"모르겠어요."

"사람은 얼굴이 답안지예요. 문제지는 가슴에 있고 답안지는 얼굴에 있어서 우리는 문제만 알고 답은 못 봐요. 그래서 답은 다른 사람만 볼 수 있어요. 사람과 사람은 만나서 서로의 답을 확인해줘야 한대요."

"그러면 거울을 보면 되겠네요?"

"거울을 보는 나는 답을 숨겨버리거든요."

"내 얼굴에도 답이 나와 있어요? 뭐라고 나와 있어요?"

"29."

"29?"

"그렇게 답이 나와 있어요. 29라고."

"에이, 거짓말. 숫자가 보인다고요? 29가 어떻게 나온 답인데요?"

"50에서 21을 빼면 29가 나오고, 10에서 19를 더해도 29가 나오고."

"장난이죠? 정말 29라고 씌어져 있다고요? 무슨 관상 같은 거 공부했어요?"

"스물아홉 살로 돌아가고 싶은가 보다."

주원 씨가 농담처럼 그 말을 했을 때 나는 어두운 방에서 누군가 내 어깨에 손을 올렸을 때처럼 깜짝 놀랐다. 스물아홉이라면 경제인들의 인터뷰집을 출간해 베스트셀러를 기록한 해였다. 짧았던 나의 전성기였고, 돈도 가장 많을 때였다. 부모님이 살아 계셨고 사무실을 함께 꾸려가던 친구도 있었고, 최신식 녹음 장비도 가지고 있었다. 영원할 것 같던 그 모든 것이 순식간에 사라진다는 게 놀라웠다. 쉽게 가질 수 있다고 생각했던 것들을 이제는 전혀 가질 수 없다.

"어떻게 알았어요?"

"뭘?"

"29라고 씌어져 있는 거."

"뭘 어떻게 알아요, 그냥 그렇게 적혀 있어요. 누가 봐도 그렇게 보여요. 그런데 진짜 정답이 29예요? 신기하네."

주원 씨는 모든 이야기를 그렇게 수수께끼로 만들어버렸다. 언젠가부터 나는 구체적인 인터뷰를 포기했고, 주원 씨의 마음이 흘러가는 대로 몸을 맡기기로 했다. 어느 순간 주원 씨의 얼굴에 답이 떠올라주기를, 나도 그 답을 주원 씨에게 읽어줄 수 있기를, 그 답을 시작으로 나도 뭔가 쓸 수 있게 되기를 기다렸다.

11월 하순 어느 날 저녁, 산길을 오르던 버스가 갑자기 멈춰 섰다. 딸꾹질을 하는 것처럼 몸을 움찔거리더니 아예 움직이지 않았다. 주원 씨는 다시 시동을 걸었다. 엔진으로 전달되어야 할 힘이 어디론가 새어 나가고 있다는 게 소리로 느껴졌다. 열쇠를 여러 번 돌렸지만 엔진을 움직일 수 없었다. 주원 씨는 밖으로 나가 버스를 한번 돌아보았다. 외관에 이상이 있을 리 없었다. 정비에 문외한인 내가 듣기에도 엔진이나 배터리에 문제가 생긴 소리였다.

"우리 힘으로는 안 되겠네요."

주원 씨는 휴대전화를 들고 어디론가 전화를 걸었다. 그즈음의 내가 감상적이었던 탓도 있겠지만, 주원 씨의 말은 이상하게 사람의 마음을 건드리는 데가 있었다. "우리 힘으로는 안 되겠네요"라는 말도 그랬다. 친하지 않던 사람이 갑자기 다가와서 손을 덥석 잡는 것 같은 말이었다. 당황스럽기도 하고 잠깐 감동적이기도 했다.

늦은 시간인 데다 외진 곳이어서 버스 정비사가 곧바로 오기는 힘들었다. 정비사가 새벽에나 도착할 것이라는 이야기를 전하고 주원 씨는 캠핑을 준비했다. 당황하는 기색이 없었다. 버스 시동은 걸리지 않았지만 태양광으로 비축해둔 전기는 충분했다. 주원 씨는 저녁을 차렸다. 냉동 밥은 전자레인지로 가열했고, 역시 전자레인지에 넣어서 뜨거워진 카레를 그 위에 부었다. 매운 양념을 첨가한 참치 캔 하나가 반찬이었다. 주원 씨와 나는 빨간 소파에 나란히 앉아서 버스 창문 밖으로 보이는 풍경을 보며 밥을 먹었다. 소파에 앉아서 보는 풍경은 아름답다. 매번 바뀌기 때문에 더 그럴 것이다.

"버스를 몰고 다니는 게 아니라 창문을 들고 다니는 사람이네요. 이렇게 보니까."

내가 혼잣말인 것처럼 주원 씨에게 말했다.

"그렇네요. 그럴 수도 있겠네요."

주원 씨는 쉽게 수긍하고 계속 밥을 먹었다.

"소주 한잔할래요?"

내가 가방에 있던 소주를 꺼냈더니 평생 처음 소주를 본 사람처럼 병을 들여다봤다.

"안 먹습니다, 술은."

"왜요? 운전자의 철칙 같은 거예요? 밤인데 뭐 어때요. 소주 한잔하면 몸이 뜨끈뜨끈해질 거예요."

"안 마십니다."

부정이 너무 단호해서 더는 권하지 못했다. 참치 캔을

안주 삼아 소주를 세 잔 마셨다.

창밖 먼 곳에서 작은 불빛들이 점멸하고 있었다. 마을의 불빛이거나 가로등이었을 것이다. 불빛이 켜졌다 꺼지는 리듬에 맞춰 주원 씨는 밥을 씹는 것처럼 보였다. 전과 달리 차분해 보였고, 생각의 끄트머리를 붙들고 마음의 깊은 곳으로 뛰어든 사람 같아 보였다.

그날 밤에 본 장면이 너무 충격적이어서 기억을 내 마음대로 조작하는 것인지도 모르겠다. 그렇게 충격적인 행동을 하기 전에는 어떤 식으로든 조짐이 있지 않았을까.

나는 버스 맨 뒷자리인 5인석에서 팔걸이를 모두 젖힌 다음 잠을 잤고, 주원 씨는 소파에서 잠을 잤다. 우리는 일찍 잠자리에 들었다. 10시쯤이었을까. 주위는 완벽한 어둠에 둘러싸여 있었다. 그런 어둠 속에서 시간은 무의미했다. 적당한 술기운 때문에 나는 곧장 잠으로 빠져들었다. 한참 후 파도가 철썩이는 것 같은 소리 때문에 잠에서 깼다. 버스 옆에 바다가 있었나. 아니었다. 주원 씨가 양손으로 자신의 뺨을 때리는 소리였다. 두 손으로 자신의 뺨을, 마치 남의 뺨인 것처럼, 아니면 생명체가 아닌 사물을 때리는 것처럼 후려치고 있었다. 두 손으로 한꺼번에 때리기도 했고, 한쪽씩 순서대로 후려치기도 했다. 버스 안의 희미한 비상등 때문에 그 모습은 더욱 기괴했다. 잠에서 깨어나야 할지, 소리를 참고 다시 잠들어야 할지 갈등했다. 알은척해야 할지, 모른 척 눈을 감아야 할지.

주원 씨는 끙, 끙, 소리를 내기는 했지만 비명도 없이 자신의 폭력을 감당하고 있었다. 그 시간이 얼마나 길어질지 가늠할 수 없었다. 나는 누워 있었다. 개입하지 않아야 했다. 지켜보기만 해야 했다. 시간이 좀더 흐르자 주원 씨는 뺨 때리기를 그만하고, 운전석에 가서 앉았다. 나는 몸을 반쯤 일으켜서 주원 씨가 무슨 일을 하려는지 훔쳐보았다. 운전석에 앉은 주원 씨는 왼편의 유리창에 머리를 찧었다. 쿵, 쿵, 쿵, 소리는 계속 이어졌다. 한참 지나서야 주원 씨는 룸미러에 자신의 얼굴을 비춰보았다. 뺨이 얼마나 부풀어 올랐는지, 머리에서는 피가 나고 있지 않은지 보려는 것 같았다. 두 손으로 자신의 뺨을 어루만지고 있었다. 그러고는 "으으으……" 하는 동물의 낮은 울음 같은 소리를 냈다. 우는 것 같지는 않았다. 벌을 받은 아이 같았다. 자신은 나쁜 아이라고, 이런 고통을 당해도 싸다고, 고해성사 하는 죄인의 탄식 같았다. 조금 있다가 어떤 말을 중얼거렸다. 내게는 그 소리가 '아냐아냐아냐아냐'로 들렸다. 그 순간 나와 눈이 마주쳤다. 주원 씨는 고개를 돌리지 않았고, 룸미러를 통해서 나를 보았다. 나는 얼어붙었다. 몇 초나 지났을까. 지금 본 것을 누구에게도 말하지 않겠다는 맹세처럼 나는 손끝 하나 움직이지 않았다.

주원 씨는 운전석에서 일어나 버스 밖으로 나갔다. 문을 닫고 소리를 지르면서 달리기 시작했다. 소리가 버스로부터 멀어졌다. 멀어지는 게 다행이라는 생각이 잠깐 들었다. 그러나 곧 걱정이 시작됐다. 어디로 달리는 것인지 나가봐야겠다는 생각이 들었지만 몸을 움직일 수 없었다. 30분 후에 주원 씨가 버스로 돌아왔다. "괜찮아요?" 내가 물어도 대답하지 않았다. 주원 씨는 금방 잠으로 빠져들었다. 밤새 나는 잠을 이룰 수 없었다. 잠이 드는가 싶으면 내 안의 누군가가 나를 깨웠다. 잘 때가 아니야, 무슨 일이라도 생기면 어쩌려고 그래? 새벽에 누군가 버스 문을 두드렸다. 정비사가 버스 배터리와 부품을 교체하는 동안 나는 짧고 깊은 잠을 잤다.

주원 씨는 전날의 일을 잊은 사람처럼 계속 운전했다. 얼굴에는 붉은 기운이 남아 있었다. 부어 있기도 했다. 나는 어떻게 행동해야 할지 알 수 없었다.

"내가 이러는 게 이상하지요?"

본론으로 곧장 뛰어드는 것도 그의 화법이다. 나는 대

답을 하지 못했다.

"끔찍하지요? 어젯밤에 본 것들이 다 무슨 일인가. 폭
력에 취한 중독자처럼 굴었죠. 그 아이는 12번 창가 자리
에 늘 앉았습니다. 저기서 볼펜으로 자기 얼굴을 긋고 있
었는데, 볼펜은 나오질 않아요. 얼굴이 벌겋게 부풀어 오
르기만 할 뿐 잉크 자국은 남지 않으니까. 다 쓰고 난 것
이거나 아예 볼펜 심을 뽑아버린 것인지도 몰라요. 아무
도 자기를 보지 않는다고 생각했겠지만 나는 여기서 나
를 기다리고 있었으니까 전부 다 봤죠. 가끔 커터를 쓰기
도 했어요. 커터에도 종류가 많은데 아주 가느다란 거였
어요. 두꺼운 건 과시하는 사람들이 쓰지요. 내가 잘 알아
요. 나도 전에는 가느다란 커터를 쓴 적이 있어요. 아이
의 손등을 직접 보지는 못했지만 손등에 낸 칼의 길 위로
피가 뭉글뭉글하게 솟아올랐겠지요. 자주 해본 솜씨였을
거예요. 너무 얕으면 피가 맺히지 않고, 너무 깊으면 터
져 나오니까. 아이는 너무나 태연했고 아무렇지도 않은
것처럼 피를 보고 있었으니까. 반창고로 간단하게 상처
를 가렸겠지요. 아이는 언제나 제일 늦게 내립니다. 다른
아이들이 내릴 때는 고개를 푹 숙이고 있다가 마지막에,
한참을 기다린 다음에 내립니다. 내릴 때는 나한테 눈으
로 인사했습니다. 어떻게 알았는지 모르겠지만 나도 자

기와 같은 부류라는 걸 알아차린 겁니다. 아저씨는 다 봤지? 내가 뭘 하는지 알지? 나는 알지. 그런 인사를 했습니다. 알지, 다 알지. 눈으로만 인사했습니다. 곧 끝날 거야. 지긋지긋한 것들이 다 끝나고 나면 네 마음대로 살 수 있을 거야. 조금만 참아봐. 나는 달라, 나는 다 알지. 그건 거짓말이었어요. 나는 다르지 않고, 끝나는 건 아무것도 없어요."

"그게 누군데요?"

"저는 잘 모르는 아이입니다."

"아까 봤다고 했잖아요. 12번 자리에 앉았다고."

"「로미오와 줄리엣」 알죠?"

주원 씨는 운전을 하면서도 3번 좌석에 앉은 나를 가끔 보았다. 처음에는 오른쪽 사이드미러를 보는 줄 알았는데, 나를 돌아보는 것이었다. 그의 변화가 낯설었다. 언제나 허공을 보면서 말을 하던 주원 씨가 내 눈빛을 찾는다는 게 신기했다.

"알죠."

"「로미오와 줄리엣」은 사랑 이야기가 아니라 버림받고 남겨지는 이야기입니다. 남겨진 사람은 이렇게 노래를 합니다. 여기, 여기, 여기에 당신의 구더기 시녀들과 함께, 오, 여기에 남겠습니다. 여기를 나의 영원한 안식처로

만들 것이고, 삶에 찌든 이 몸뚱어리를 불길한 별들의 속
박으로부터 흔들어 깨우겠습니다."

주원 씨는 그 순간 운전사가 아니라 무대에 오른 배우
였다. 두 팔을 위아래로 움직이고 목소리를 높이며 로미
오 혹은 줄리엣이 되었다.

프리랜서 논픽션 작가로 열심히 활동하던 시기에는 재
미있는 현장을 많이 겪었다. 그중 단연 최고는 셰익스피
어 학자들의 연말 파티였다. 제안을 받았을 때 별스러운
기획이 다 있구나, 연말 파티를 취재해서 기사로 써달라
니, 그게 얼마나 재미있을까, 싶었다. 1부 행사는 평범했
다. 누군가의 축사, 인사, 환영, 축하가 이어졌다. 2부는
분위기가 완전히 달랐다. 참가한 사람들은 다른 사람으
로 변신했다. 셰익스피어의 작품 속 주인공 하나를 정하
고 그 인물을 연기했다. 리어왕으로, 줄리엣으로, 오셀로
로, 맥베스 부인으로 변했다. 그 사람들은 돌아다니면서
희곡 속 대사로만 말했다. 첫해에는 그들의 말이 희곡 속
대사라는 사실도 알지 못했다. 연극배우처럼 말해야 하
는 룰이 있나 보다 생각했다. 모두 미친 사람 같았다.

셰익스피어 연말 파티만을 위해 1년 동안 셰익스피어
의 주요 작품을 여러 번 읽었다. 첫해의 기사는 내가 생각
해도 형편없었다. 파티의 핵심은 놓친 채 특이한 행사를

하고 있다는 내용에 집중하다 보니 코미디 같은 기사가 되었다. 나는 부끄러웠고, 두번째 해에는 제대로 된 글을 쓰고 싶었다. 녹음기를 들고 그들의 대화를 따라다녔다.

"반짝인다고 해서 다 금은 아니지."

"나 들으라고 하는 소리요? 나라를 통째로 주고도 교환할 수 없는 진주를 스스로 버린 남자가 바로 나요."

"하긴 그럴 법도 하겠군요. 우리는 거대한 바보들의 무대에 울면서 태어난 존재들이니까."

"하하, 상처의 고통을 모르는 인간들만 타인의 흉터를 비웃는 법이지요."

"신들은 우리를 인간으로 만들기 위해서 몇 가지 결점을 준 것입니다."

파티장은 수수께끼 같은 대사들이 흘러넘쳤다. 셰익스피어 연구자들은 웃지도 않고 민망해하지도 않으면서 그런 대사를 주고받았다. 어쩌면 랩 배틀 같은 것인지도 모르겠다는 생각이 들었다. 누가 상황에 더 어울리는 대사를 기억에서 끄집어낼 것인가. 신기하고 재미있었다. 현장에서 알아들은 대사도 있지만 녹음기를 여러 번 돌려 듣고 나서야 전체 대사를 복원할 수 있었다. 그렇게 쓴 특집 기사는 "세상이라는 무대, 우리는 모두 배우에 불과하지"라는 제목으로 잡지에 게재되었고, 많은 사람이 재미있게 읽었다며 댓글을 달아주었다. 세상에 별 이상한 행사가 다 있다면서 조롱하는 댓글도 많았지만 그것도 관심이었다. 내게 기사를 의뢰한 셰익스피어 학회 사람들도 나의 노력을 칭찬해주었다. 다음 해에도 나를 초대했지만 더는 파티에 가지 않았다.

주원 씨의 입에서 나오는 대사를 듣는 동안 셰익스피어 학회 파티에 다시 끌려온 것 같았다. 조금 민망했고, 어색했지만, 마음이 끌렸다. 나는 그때 외웠던 대사 한 줄을 주원 씨에게 얘기했다.

"지금부터 내 몸이 너의 칼집이구나. 단검아, 그 속에서 녹슬어서 나를 죽게 해다오."

운전하던 주원 씨는 나를 돌아보았다. 자신만 알고 있던 비밀을 내가 발설이라도 한 것 같은 표정을 지었다. 설마 내가 셰익스피어의 대사를 읊을 줄은 몰랐을 것이다.

"그거 거기 나오는 말이잖아요."

"맞아요. 「로미오와 줄리엣」."

"그런 거는 어디서 들었어요?"

"책에서 읽었죠."

"나 같은 사람이 또 있네요. 셰익스피어를 외우고 다니는 사람."

"세상에는 별의별 사람이 다 있죠."

"아버지 같은 건 되는 게 아니었는데."

"네?"

"「오셀로」에 나오는 대사예요."

"죽음만이 우리를 치료해줄 의사라면 죽는 것만이 유일한 처방이야."

"그건 어디 나와요?"

"「오셀로」."

"「오셀로」에 그런 게 나왔었나? 기억해둬야겠네."

"나는 죽네."

"「햄릿」 맞죠?"

"나머지는 침묵이네."

"「햄릿」의 마지막 대사잖아요."

"저기 낙타처럼 생긴 구름이 보이는가?"

"그건 구름이 아니라 진짜 낙타입니다."

"그 부분 웃기죠?"

"구름이 아니라 진짜 낙타야. 크크."

주원 씨와 내가 셰익스피어 때문에 가까워졌다고 하면 대부분의 사람은 믿지 않는다. 셰익스피어를 좋아하는 두 사람이 우연히 만날 확률을 무척 낮게 생각하는 것이다. 무척 낮은 확률이긴 하지만 존재할 수 없는 경우의 수는 아니다. 세상에는 별의별 사람이 다 있는 것처럼 별의

별 경우가 다 생긴다.

주원 씨는 운전하다가 문득 대사가 떠오르면 내 얼굴을 돌아보며 말했다. 나는 기억나는 대사로 맞받아치거나 생각난 말을 연극 대사처럼 바꾸어 말했다. 나중에는 그게 우리의 놀이가 되었고, 둘의 대화는 점점 연극처럼 바뀌었다. 셰익스피어 학회 파티가 우리의 일상이 된 것이다.

"여기에서 하룻밤 묵는 게 어떻겠나? 별빛이 우리의 저녁을 밝혀주겠지."

주원 씨가 말했다.

"어리석은 자만이 자연 속에서 캠핑을 하지. 오성급 호텔이야말로 별빛을 볼 수 있는 곳이야."

내가 장난으로 대꾸했다.

"프리 님의 얼굴에는 탐욕이 들쥐처럼 들끓고 있구나."

"들쥐처럼 자유로운 영혼도 없지."

"프리 님은 자유의 정의를 너무 광범위하게 잡고 있어."

"그것이야말로 내 자유일세."

마지막 대사가 떠오르지 않는 사람은 웃음을 터뜨리게 되고, 그것으로 놀이는 끝이 난다. 우리는 진짜 친구가 된 것 같았다.

나는 저녁이면 버스 소파에 앉아 글을 썼다. 처음에는

주원 씨의 행동을 관찰하는 일지였지만 시간이 지날수록 우리 둘의 대화록이 되고 있었다. 둘의 대화를 계속 써 내려가자 희곡을 쓴다는 기분이 들기도 했다. 우리의 대화는 터무니없이 장황하고 기고만장하게 유치하며 지나치게 멋스러운 문장들이 많았고, 컴퓨터보다는 종이에 더 어울렸다. 어느 때부터 나는 노트북을 켜는 대신 공책을 펼쳐 대화를 적어나갔다.

주원 씨의 '발작'은 주기적으로 계속됐다. 조용한 밤이면 갑자기 나타났다가 언제 그랬느냐는 듯 사라졌고, 다음 날이면 주원 씨는 전날의 일을 기억하지 못하는 척했다. 뺨은 부풀어 올랐다가 다시 가라앉기를 반복했다. 내가 「리어왕」에 등장하는 대사로 물어본 적이 있다.

"잠은 매일매일 죽음을 불러온다는 말이 맞구나. 어제의 일을 기억 못 하니 너는 부활한 유령이 분명하다."

"가련한 자들만 죽음과 삶을 구분하지. 생사의 구분이 없는 자에게 부활이란 말은 얼마나 터무니없는 것인지 알겠는가."

"죽음과 삶의 구분이 없는 것은 오직 신뿐이다. 당신이 나의 신인가?"

"내가 너의 신이고, 너는 나의 신이지."

"무슨 개소리인가."

"그것은 셰익스피어를 빙자한 욕에 가까운데?"

"미안, 마음속 말이 갑자기 나와버렸네."

우리는 다시 웃었고 전날 밤에 일어난 일을 더는 물어보지 않았다.

셰익스피어 대사 놀이를 하면서 우리 둘은 분명 가까워졌다. 현실에서의 가까움이라기보다 보이지 않는 정신의 끈이 생긴 듯했다. 내가 그를 부추겼다는 생각이 들 때도 많다. 그는 날아오를 준비가 되어 있는 사람이었는데, 현실을 버릴 작정을 한 사람이었는데 내가 언어의 날개를 제공한 것이다. 함께 여행을 한 지 한 달 반이 지났을 때 주원 씨가 폭발하는 사건이 일어났고, 주원 씨가 그렇게 된 데에는 내게도 어느 정도 책임이 있다는 생각이 든다.

작은 시골 마을의 공터에 버스를 세웠고, 우리 둘은 그늘에서 밥을 먹고 있었다. 네 명의 남자가 우리에게 다가올 때부터 무언가 일이 벌어질 것 같다는 예감이 들었다.

"버스 주인 되십니까?"

무리 중에서 키가 가장 큰 남자가 물었다.

"그렇습니다."

주원 씨가 대답했다.

"뭘 팔러 왔는지는 모르겠지만 여기서 영업하시면 안

됩니다."

"팔러 온 거 아닙니다."

"뭐, 사람들이 다 그렇게 말을 하죠. 우리는 그런 사람이 아니다, 당신들을 도와주러 온 것이다. 파는 게 뭐예요? 건강보조제? 인삼? 녹용? 아니면 사이비 종교예요?"

"전혀 아닙니다."

"'나는 곧 죽는다'. 이건 왜 붙여놓은 겁니까? 당신이 곧 죽어요? 시한부 인생이야? 곧 죽는 사람이 버스에다 저런 걸 붙여놓을 리가 없잖아."

"죽으니까 죽는다고 하는 거죠."

"누가 죽는데?"

"누구나 죽습니다. 나도 죽고, 당신도 죽고. 버스에 붙여놓은 건 나한테 하는 소리입니다. 나는 곧 죽으니까 정신 차리고 살아라. 한 시간도 잊어먹지 말고, 죽는다는 것을 알고 있어라. 오래오래 살기 위해서는 죽는다는 걸 알아야죠."

"그건 네 집 안방에 붙여놓으면 되잖아."

"여기가 저의 집입니다."

"웃기고 있네. 죽는다는 말로 사람들 꼬셔서 약 팔고 관심 끌고, 내가 모를 줄 알아? 지난번에 여기서 약 팔던 새끼들도 내가 다 감옥에 처넣었어. 알아? 너같이 이상한

약 팔아서 사람들 죽이고 그러는 새끼들은 뿌리를 뽑아
야 돼."

두 사람이 이야기하는 동안 다른 남자 세 명과 나는 대
화에 끼어들지 않았다. 어떤 식으로 결론이 날지 예측할
수 없었다.

"누가 누굴 죽여?"

주원 씨가 갑자기 소리를 지르면서 손가락질을 했다.
두 사람의 이야기를 제대로 기록하기 위해 나는 녹음기
를 켰다.

"당신 같은 인간들이 파는 약은 독약이야. 알아?"

"당신도 죽어. 알아?"

"웃기고 자빠졌네. 그럼 알지, 내가 몰라? 내가 그럼 영
원히 살겠냐? 죽지. 죽겠지. 그런데 너보다는 내가 오래
살겠다."

"죽는데, 곧 죽는데 왜 그러고 있어? 빨리 가서 자신을
돌아봐요."

"지랄한다. 약 파는 거 아니면 무슨 종교 같은 건가 본
데 우리 동네 사람들 그렇게 물렁물렁하지 않아. 빨리 꺼
져. 버스 박살 내기 전에."

"이 버스가 뭔지 알아요? 이건 내 관이에요. 나는 여기
에 묻힙니다. 아주 오래 살고, 그래도 죽어야 한다면 여기

190

에 묻힙니다.”

“무슨 헛소리야. 진짜로 내가 여기에다 뼈를 묻어줘야
겠네.”

“당신이 삶의 시간을 허투루 낭비하는 동안, 내가 당신
대신 죽음을 생각하고 있는 겁니다. 안개 때문에 죽음이
잘 보이지 않을 때, 나는 이미 안개 건너편에 도착한 사람
이에요. 나는 선지자야, 죽음의 전령이라고.”

“정말 제정신이 아니구나.”

주원 씨는 내가 보기에도 제정신이 아니었다. 처음에
는 남자를 향해 말하더니 나중에는 허공에다 소리를 지
르고 있었다. 주원 씨를 밀리기 위해 뒤에서 두 팔을 잡았
을 때 그의 몸에서 강력한 힘이 느껴졌다. 내가 알던 사람
이 아니었다. 내가 이 사람을 알았던 적이 있기는 하나 싶
었다.

“당신이 그렇게 원한다면 내가 죽음이 되어줄게. 세계
가 멸망하는 걸 상상하지 못한다면 내가 세상을 멸망하
게 해줄게. 나는 다 봤어. 당신이 보지 못한 것들을 다 봤
다고. 죽음도 봤고 칼로 몸을 긋는 것도 봤고 내가 이 두
눈으로 다 봤어. 모든 고통이 내 몸을 관통했고, 그래서
이렇게 배에 커다란 구멍이 나 있는 거라고.”

주원 씨와 맞서 이야기하던 남자가 한 발 뒤로 물러섰

다. 그냥 돌아가는가 싶던 남자는 버스에 붙어 있던 '나는 곧 죽는다' 스티커를 뜯어내려고 했다. 원하는 대로 되지 않자 남자는 뜯어내는 대신 망가뜨리는 쪽을 택했다. 외투 주머니에서 미리 준비해 온 래커를 꺼내 대형 스티커에 분사했다. 주원 씨는 남자에게 달려들려고 했지만 내가 뒤에서 붙잡았다. 지금도 잘한 일이라고 생각한다. 주원 씨가 다치는 것보다 스티커가 망가지는 쪽이 나으니까.

'나는 곧 죽는다'에서 '곧'이 사라지고 '죽는'이 사라지는 모습을 지켜보면서 주원 씨는 소리를 질렀다. 내용을 알 수 없는 괴성이었다. 나머지 남자들도 지켜보기만 했다. '는'까지 사라지고 나자 키가 큰 남자가 래커를 바닥에 버렸다. '나'와 '다'만 간신히 보였다.

"오늘 내로 꺼지지 않으면 버스까지 박살 낼 거야. 나는 경고하면 반드시 지키는 사람이야."

키 큰 남자는 나머지 남자 세 명과 함께 버스에서 멀어졌고, 주원 씨는 바닥에 주저앉았다. 그의 몸에서 힘이 빠져나가는 게 내 손에 느껴졌다.

주원 씨와 나는 곧장 동네를 빠져나왔다. 남자의 협박때문이 아니라 더는 그곳에 있고 싶지 않았다. 도로를 달리는 버스 안에서 우리 둘은 말을 꺼내지 않았다. 동네를

벗어난 후로도 주원 씨는 두 시간 동안 말없이 운전만 했다. 나 역시 정면만 바라보았다. 풍경이 나타났다가 옆으로 스쳐 갔다. 멀리 보이는 지평선들이 구불구불해지고 가려져서 보이지 않고 다시 나타났다가 사라졌다. 검은 새들이 떼를 지어 어디론가 날아갔다. 누군가 우는 소리도 들렸는데 새소리인지 다른 동물 소리인지 알 수 없었다. 몇 개의 산을 넘고 또 다른 오르막 도로를 달리고 있을 때 주원 씨가 갑자기 오른쪽으로 핸들을 꺾더니 갓길에다 버스를 세웠다. 3번 좌석에 앉아서 안전띠도 하지 않고 있던 나는 앞으로 튀어 나갈 뻔했다. 주원 씨는 버스 문을 열고 밖으로 나갔다.

도로 위에는 차에 치인 고라니 한 마리가 누워서 버둥거리고 있었다. 사고를 당한 지 얼마 되지 않아 보였고 충격을 크게 받은 듯했다. 주원 씨와 내가 다가가는데도 먼 하늘에 시선이 고정돼 있었다.

"아직 살아 있어요."

내가 말했다.

"네, 아직 살아 있어요."

주원 씨가 말했다.

인터넷으로 본 기사가 떠올랐다. 로드킬당한 동물을 발견했을 때는 도로에 들어가서 직접 처리하지 말고, 야

생동물을 구조해주는 곳에 신고하라는 내용이었다. 휴대전화를 꺼내서 전화번호를 검색하려는데 주원 씨는 이미 도로로 들어가 고라니의 다리를 들어 올리고 있었다.

"뭐 하는 거예요?"

주원 씨는 대답하지 않고 고라니를 갓길로 끌고 갔다. 바닥에 고여 있던 피가 자국을 만들면서 고라니를 따라갔다. 누군가 커다란 붓으로 검붉은 획을 그은 것 같았다.

갓길로 끌어낸 고라니를 잠깐 바라보더니 주원 씨는 버스 안으로 들어가서 무언가를 찾았다. 그동안 나는 도로를 관리하는 기관의 전화번호를 찾았다. 주원 씨가 빨랐다. 내가 통화 버튼을 누르기 전에 주원 씨가 주사기를 꺼내 다가왔다.

"그게 뭐예요? 주사하려고요?"

"편안하게 갈 수 있게 해주는 겁니다."

"전화하는 게 낫지 않을까요? 아직 숨이 붙어 있는데요."

주원 씨는 내 질문에 대꾸 없이 익숙한 동작으로 주사기를 준비했고, 말릴 틈도 없이 고라니의 몸에다 액을 주입했다.

"고통 없이 끝날 겁니다. 지금까지는 고통스러웠겠지만 이제는 다 끝났어요. 이제 그만 가서 쉬어요."

처음에는 나에게 하는 말인 줄 알고 대답을 할 뻔했다.

주원 씨는 고라니를 보고 있었다.

"잘 알겠지만, 환생 같은 건 없을 겁니다. 그래도 나쁘지 않잖아요? 완전한 무로 돌아가요. 긴 잠을 잔다고 생각해요. 꿈을 꾸도록 해봐요. 영원히 살 수 있다면 좋겠지만, 그것도 피곤할 겁니다."

주원 씨는 고라니의 몸통을 어루만졌다. 한 손으로 고라니의 두 눈을 가려주었다. 여기에는 더 볼 게 없다는 듯 시선을 막아주었다. 고라니는 규칙적으로 몸을 들썩이다가 어느 순간 축 늘어졌다. 주원 씨는 계속 고라니의 몸통을 두드리면서 어루만졌다. "꿈을 꾸도록 해봐요. 긴 잠을 자는 겁니다." 계속 그렇게 중얼거렸다.

주원 씨가 약품을 어떤 경로로 입수했는지는 듣지 못했다. 익숙한 행동으로 보아 자주 일어나는 사건임은 분명했다.

고라니를 간단하게 묻어주고 주원 씨는 아무 일도 없었다는 듯 다시 운전석에 앉았다. 지구 끝까지라도 달려갈 기세였다. 자세도 흐트러지지 않았다. 어느새 지평선으로 해가 가라앉고 있었다.

"아주 간단한 실수를 했을 뿐인데요."

주원 씨가 입을 열었다.

"실수요?"

3번 좌석에 앉아 있던 내가 되물었다.

"아주아주 간단한 실수를 했을 뿐인데 큰 벌을 받는 사람이 있어요. 그런 얘기 들어본 적 있어요?"

"비극이 다 그렇지 않나요? 신화 속의 주인공들도 그렇고."

"신화라…… 그렇네요. 신화 속 인물들이 그렇죠. 그런 사람들에게는 벌이 곧 용서일까요? 벌을 충분히 받았다면 그걸로 용서받은 것으로 생각해도 되는 걸까요?"

"자신들만 알겠죠."

"간단한 실수라는 건 없어요. 그렇죠? 실수는 간단하지 않아요. 아무리 사소한 실수라도, 실수는 간단할 수 없어요."

"주원 씨의 실수를 말하는 거예요? 어떤 실수를 했는데요?"

"스쿨버스를 운전했어요. 배우가 되고 싶었지만 기회는 없었어요. 할 수 있는 게 운전밖에 없었지만 운전을 좋아했어요. 아이들이 버스에 오르는 순간을 너무 좋아했고, 거울에 비치는 아이들을 보면서도, 정말 너무나 좋아했습니다. 거울에 비치는 아이들을 다 알고 있어요. 누가 외롭게 혼자 앉아 있는지, 누가 누굴 따돌리는지, 누굴 좋아하는지, 누굴 싫어하는지, 저는 보아서 다 알고 있어요.

매일 똑같은 시간에 등교하고 누가 결석을 하고 누가 있는지 없는지 다 알고 있습니다. 실수라는 건 간단한 게 아니에요. 그 모든 기록을 한꺼번에 통째로 순식간에 지워버립니다. 그래서 나는 여기에서 죽어야 해요. 여기가 내 관이고, 무덤이고, 천국이고, 지옥입니다."

"알겠어요. 알겠으니까 흥분하지 말고 얘기해요."

"알겠다고요? 아니요, 몰라요, 모를 수밖에 없어요. 안다고 얘기하지 마세요. 원망은 안 합니다. 지금껏 여기까지 온 거로 충분해요. 우리는 곧 죽을 거예요."

주원 씨는 갓길에다 버스를 세웠다. 주원 씨는 내 얼굴을 보지 않았다. 처음 만났을 때처럼 먼 곳을 바라보았다. 주원 씨는 그날 밤에 그랬던 것처럼 자신의 얼굴을 두 손으로 때렸다. 채찍 소리가 났다. 말릴 수 없었다. 몇 분 동안 자신의 뺨을 때린 주원 씨는 발갛게 달아오른 얼굴을 거울에 비춰보았다.

"여기까지입니다."

주원 씨가 말했다.

"네?"

들렸지만 들리지 않은 것처럼 내가 되물었다.

"나는 죽었네, 호레이쇼. 이제 침묵만 남았어."

"어디로 가려고요? 주원 씨, 내 얼굴을 보면서 얘기해요."

"내 몸이 녹슨 칼의 칼집이구나. 이제 칼과 함께 나는 삭아버릴 거야. 부식되어 너덜너덜해지고 갈라져서 부서지고 나면 칼은 아무것도 자르지 못할 것이고, 이곳은 칼의 무덤이 될 것이다."

"주원 씨."

"아아아아아아아아."

주원 씨는 소리를 지르면서 자기 머리를 두 손으로 내리쳤다. 나는 버스에서 내릴 수밖에 없었다. 가만히 있다가는 주원 씨의 머리가 터져버릴 것 같았다. 배낭과 겉옷을 집어 들고 버스에서 내리자마자 주원 씨는 액셀러레이터를 밟았다. 멀어지는 버스를 보면서도 무슨 일이 일어난 건지 실감이 나질 않았다. 두 달 정도 여행을 함께하던 사람이 갑자기 나를 버렸다는 사실도, 주위를 아무리 둘러봐도 황량한 겨울나무뿐인 산길에 혼자 있다는 실감도, 지금까지 나와 대화를 나누었던 주원 씨가 실재한 사람인지에 대한 확신도 없었다. 나는 버스를 바라보았다. 버스의 뒷모습을 본 것은 그때가 처음이었다.

다시는 주원 씨를 만나지 못했다. 인터넷을 뒤져봐도 그의 소식은 찾을 수 없었다. '나는 곧 죽는다'라는 문구도 지워졌으니 주원 씨의 버스는 평범해졌다. 그 버스를 주목할 사람은 없을 것이다. '나'와 '다'만 남은 스티커를 눈여겨볼 사람은 없을 것이다.

두 달 동안 내가 공책에 기록한 내용은 폭탄의 파편 같았다. 어째서 이런 일이 일어났는지, 사건의 핵심이 무엇인지는 알 길이 없었고, 상처받은 한 사람, 분열된 한 사람의 기록뿐이었다. 그 사람과 주고받은 대화 일부분만 남았을 뿐이다. 파편을 모아 원형을 복구할 수는 없었다. 타버린 재를 긁어모아 종이를 만들 수는 없었다.

주원 씨와 헤어지고 며칠이 흐른 후 인터넷 서핑을 하다가 '스쿨버스 사건'이라는 검색어를 입력해보았다. 뭔가를 알아내려는 의도는 아니었다. 주원 씨가 떠올랐고 별생각 없이 '스쿨버스'와 '사건'이라는 단어를 입력한 것이다. 몇 페이지를 넘긴 후 주원 씨와 관련된 몇 년 전 기사를 찾아냈다. 사건의 내용을 읽으면서 나는 입을 다물 수 없었다. 당시 많은 신문에서 주원 씨의 사건을 다뤘다. "간 큰 통학 버스 운전사, 음주 운전으로 아이 죽일 뻔" "아이 매달고 30미터 질주, 술 취한 통학 버스" "학교 경비가 막아낸 드렁큰 스쿨버스" "아침의 만취 질주, 질질 끌려간 아이". 기사 제목은 사건만큼이나 자극적이었다. 후속 기사를 더 찾아보았다. 다행히 아이의 목숨에는 지장이 없었다. 마지막 아이가 버스에서 내리다 가방끈이 문에 걸렸고, 주원 씨는 그걸 발견하지 못했다. 30미터를 달리다 학교 경비가 버스를 막아 세웠다. 경비가 없었다면 아이는 죽었을지도 모른다. 주원 씨는 전날 밤 늦게까지 마신 술이 핏속에 그대로 남아 있었다.

무릎 꿇은 사진도 화제가 되었던 모양이다. 아이의 병원에 찾아간 주원 씨가 병실 앞에서 무릎을 꿇은 채 울고 있는 사진이었다. 지금보다 훨씬 젊어 보이는 모습이었다. 어떤 처벌을 받았는지 이후에 어떻게 마무리됐는지에 대한 기사는 찾지 못했다.

사건 때문에 주원 씨의 인생은 완전히 달라졌을 것이다. 어떤 사건은, 한 사람의 인생을 다른 차원으로 이동시킨다. 다시는 돌아갈 수 없는 세계로 옮겨놓는다. 사건 이전의 주원 씨를 상상해본다. 도무지 그려지질 않는다. 그때도 셰익스피어의 대사를 읊조리며 여행을 다녔을까. 그때도 오래 살고 싶어 했을까. 아니면 죽고 싶어 했을까. 그때도 자신의 뺨을 세차게 때렸을까. 사건 이후의 삶도 상상해본다. 운전면허를 다시 발급받기 위해, 버스에서의 실수를 잊기 위해 얼마나 많은 시간이 필요했을까.

버스에서 쫓겨난 후 오랜만에 집으로 돌아갔을 때 보일러는 고장 나 있었다. 방바닥은 견딜 수 없이 차가웠지만 흔들리지 않는다는 점은 버스보다 좋았다. 집에 있는 모든 이불을 꺼내서 바닥에 깔고, 침낭 속으로 들어가 온

풍기를 강하게 틀어둔 채 잠을 잤다. 며칠 동안 잠들었는 지는 기억나지 않는다. 이상하게 들리겠지만, 그때 나는 죽었던 것인지도 모른다. 첫번째 삶을 끝내고, 두번째 삶 으로 넘어간 것이라는 생각이 든다. 잠은 죽음과 닮았고 죽음은 잠의 끝과 같다. 우리가 여태껏 한 번도 죽지 않고 계속 살아 있는 존재라고 확신할 수 있을까. 잠들었다가 죽는 게 아니라고 자신할 수 있을까. 코를 골면서 자던 누 군가 '컥, 컥, 컥' 숨을 멈추는 듯하다가 다시 숨을 쉴 때, 그는 죽었다 살아난 것인지도 모른다. 우리도 모르는 사 이에 죽음과 삶이 반복되는 것인지도 모른다.

　오늘은 주원 씨와 내가 나누었던 대화록을 태우려고 마음먹은 날이다. 처음부터 끝까지 다시 한번 읽어보았 다. 우리는 친구였을까? 취재 계획이 성공했다면 버스 여 행자의 삶에 대한 작은 책이 한 권 탄생했겠지만, 스쿨버 스 사건으로 세상을 시끌벅적하게 만들었던 한 사람의 이야기가 담길 수 있었겠지만 내 손에 들린 것은 곧 재가 될 부스러기뿐이다. 마지막 대사를 읽는다. 나는 죽었네, 호레이쇼. 이곳은 무덤이 될 것이다. 주원 씨는 죽었을 까? 죽지 않았다면 어디쯤 있을까? 최소한의 음식만 먹 으며 지내지만 기름값과 자질구레한 버스 수리비를 지불 하다 보면 언젠가 여행을 끝낼 수밖에 없을 것이다. 버스 여행이 끝난다면 주원 씨는 진짜로 죽을지도 모른다.

　내 뺨을 한 번씩 때려본다. 귀가 멍해지고 잇몸이 찌릿
하다. 고통이라고 부르기엔 미세한 통증이다. 조금씩 강
도를 올리면서 때려보고 있다. 내가 나를 때리는 것에 익
숙해지고 있다. 주원 씨는 버스에 매달려 끌려갔던 아이
를 생각하면서 자신의 뺨을 때렸을 것이다. 그 아이는 죽
지 않았지만 나는 그 아이를 죽인 거야. 마지막에 내렸던
아이, 커터로 손등을 긋던 아이를 생각하면서 세차게 자
신의 뺨을 후려갈겼을 것이다. 나는 내 뺨을 때리면서 다
른 것을 생각했다. 미안한 사람들을 떠올렸다. 그렇게 자
신을 벌준다고 해서 죄가 없어지는 것은 아니다. 주원 씨
와 헤어진 게 벌써 2년 전인데 많은 순간을 나는 또렷하
게 기억하고 있다. 머리보다 뺨이 주원 씨를 기억하고 있
다. 공터의 드럼통에다 피워놓은 불이 활활 타오르고 있
다. 대화로 가득한 공책을 불 속에 던져 넣었다.

작가의 말

소설집을 완성하고 나서 책 제목으로는 '스마일'이 제일 좋겠다는 생각을 하자마자 브라이언 윌슨의 앨범이 떠올랐다. 소설을 쓸 때는 브라이언 윌슨이 전혀 떠오르지 않았는데, 참 이상한 일이다. 브라이언 윌슨의 『Smile』음반 재킷은 촌스럽기 그지없다. 배경에는 노란 태양이 작열하고, 전단지 스타일의 "Smile"이라는 제목이 한가운데 커다랗게 박혀 있다. 브라이언 윌슨이 누군지 모르는 사람이라면 절대 관심을 주지 않을 재킷이다. 촌스러운데도 나는 그 앨범 재킷이 좋다. 뭐랄까, 천하태평한 낙관주의가 디자인과 글씨체에 묻어 있기 때문일 것이다. 서핑 음악으로 출발해 수많은 명반을 남긴 '비치 보이스'의 기운을 느낄 수 있다. 『Smile』은 비치 보이스의 브라이언 윌슨이 솔로 프로젝트로 만든 앨범이다.

그러고 보니 「심심풀이로 앨버트로스」에는 비치 보이스의 노래가 등장하기도 한다. 그들의 명곡 「Surfin' U.S.A.」의 가사도 인용했다. "우리는 곧 떠날 거야. 우리는 서프보드에 왁스를 칠하고 있지." 바다로부터 끝없이 파도가 밀려오는데 바다로 곧 떠날 거라고 말하는 그들이 부러웠다. 왁스를 칠하면서 그들은 어떤 이야기를 주고받을까. 한동안 비치 보이스의 음악을 들으며 서핑 영상을 넋 놓고 보곤 했다. 가장 좋아하는 음악 장르는 아니지만 자주 듣게 되는 음악이 '캐럴'과 '서핑 음악'이다. 한쪽은 가슴을 따끈하게 데워주고, 한쪽은 발끝을 시원하게 만들어준다. 캐럴과 서핑 음악 플레이리스트만으로도 며칠을 보낼 수 있다.

「휴가 중인 시체」에도 캐럴 한 곡을 넣었다. 소설 속 주인공이 작가의 분신인 경우도 있고 아닌 경우도 있는데, 주원 씨는 나와 무척 다른 사람이다. 내가 11월부터 크리스마스캐럴을 듣는 사람이라면, 주원 씨는 1년 내내 12월에 머물면서 크리스마스캐럴을 듣는 사람이다. 시간과 함께 흘러가는 사람이 아니라 한자리에 가만히 서서 돌고 돌아 제자리로 돌아오는 계절에게 인사하는 사람이다. 우리가 봄을 맞을 때, 주원 씨는 겨울에 계속 머물러

있다가 되돌아오는 겨울을 반갑게 맞는 사람이다.

"캐럴만 들으면 언제나 12월로 돌아가는 거 같지 않아요? 12월만 열두 번 있는 것도 좋잖아요."

주원 씨가 그렇게 말하는 걸 정말 들은 것 같다. 나도 「Winter Wonderland」를 좋아한다. 이 노래는 버전이 엄청나게 많은데 주원 씨에게는 다이애나 크롤이 어울린다. 나라면 빙 크로스비의 버전을 더 많이 듣겠지만 주원 씨는 다이애나 크롤을 줄기차게 들을 것이다. 불안하고 종잡을 수 없는 박자로 시작하지만 후반부에는 다양한 악기가 등장해서 축제를 여는 것 같은 다이애나 크롤의 버전을 좋아할 것이다. 그리고 분명히 "워킹 인 어 윈터 원더랜드"라고 따라 부르는 부분에서 꼭 박자를 놓칠 것이다.

장편소설을 쓰기 전에는 소설의 분위기와 어울리는 노래를 선곡해서 플레이리스트로 만든다. 단편은 오히려 소설을 써나가다가 노래와 맞닥뜨리는 경우가 많다. 「차오」에서도 음악과 맞닥뜨리는 장면이 중요했다. 차시한 이 차를 몰며 어떤 음악을 듣게 될까. 제일 먼저 떠올랐던 음악이 더 카스의 「Drive」였다. 1984년에 이 노래가 든 앨범을 카세트테이프로 구입해서 첫 곡 「Hello Again」을 듣던 순간을 아직도 기억하고 있다. 「Drive」는 네번째 곡이었는데, 당시에는 크게 좋아하지 않았지만 시간이 흐를수록 가장 많이 듣는 곡이 되었다. 이 노래를 대체 몇 번이나 들었을까? 전주가 나올 때면 지금도 가슴이 뛴다. 소설에 나오는 표현 그대로 도식적인 선곡이다. 게다가 더 카스의 「Drive」는 한낮에 어울리는 곡이 아니다. 한밤 중 아무도 없는 도로를 달릴 때 어울린다. 볼륨을 최대한 올리고 불빛 없는 자유로를 달리다 보면 완벽한 혼자가 되면서 낯선 세계로 빨려 들어가는 것 같은 기분이 들기도 한다.

대안으로 고른 노래가 토킹 헤즈의 「Road To Nowhere」다. 소설의 내용을 생각하자면 이쪽이 더 도식적인 선곡이다. 소설의 내용에 맞게 도식적일 필요가 있었다. 어딘지 알 수 없는 곳으로 달리고 있는 도로 위의 외로운 차 한 대를 떠올렸다. 노래 중간에는 리더인 데이비드 번이 박자에 맞춰 구령을 붙이는 장면이 있는데, 차에서 이 노래를 듣다 보면 꼭 따라서 구령을 붙이게 된다. "Hey!" 하고 함께 노래를 부르게 된다. 소설 속 주인공도 아마 그랬을 것이다. 아마도 주원 씨처럼 박자를 놓쳐서 노래보다 조금 뒤늦게 "Hey!"를 외쳤을 것이다.

소설을 쓸 때마다 음악이 좋은 친구가 되어줬기 때문에 소설 속에 음악을 자주 등장시킨다. 혼자 있는 사람에게 음악만큼 좋은 친구가 없다. 이번 소설집에는 폐쇄된 공간에 혼자 있는 사람이 자주 등장했고, 그들에게 음악을 선물해주고 싶었다. 나는 음악을 들으면서 소설을 썼고, 소설 속 주인공들에게 음악을 들려주었다.

소설을 쓰기 시작할 때 음악을 재생시켰는데, 문득 정신을 차리고 보면 음악이 꺼져 있을 때가 있다. 나는 그 순간을 사랑한다. 음악이 사라졌는데 나는 그것도 모르고 소설 속 주인공과 이야기를 나누고 있었다. 음악이 꺼진 걸 알고 난 후에도 나와 소설 속 주인공 모두 더 이상은 음악이 필요하지 않았다. 음악이 꺼진 채로 우리는 이야기를 계속 나누었다. 음악 틀까? 아니 그냥 둬. 그냥 이렇게 좀더 이야기를 하자. 나는 자신의 뺨을 때리는 사람과 배 속으로 이상한 물질을 삼킨 사람과 플라스틱 섬에 갇힌 사람과 자동차에 갇힌 사람과 오랫동안 악수하는 사람들과 이야기를 나눈다. 음악이 멈추고 이야기가 지속되는 순간을 맞닥뜨리기 위해, 나는 음악을 듣고 소설을 쓴다.

2022년 봄
김중혁

수록 작품 발표 지면

스마일 『문학과사회』 2016년 여름호
심심풀이로 앨버트로스 『현대문학』 2018년 11월호
왼 『악스트』 2018년 9/10월호
차오 『한국문학』 2022년 상반기호
휴가 중인 시체 『창작과비평』 2019년 봄호